내 맘대로
베란다 원예

이토 세이코 지음 　　 김윤진 옮김

내 맘대로
베란다 원예

PLAY
TIME

서문
일기 계원 2년차

베란다에서 식물을 키운 이야기를 한 번 더 책으로 엮었다.

2004년 봄부터 2006년 봄까지 2년간. 매주 『아사히 신문』 지면에 바지런히 쓰고 또 쓴 결실이다.

나는 이 책에 앞서 『보태니컬 라이프』라는 책을 낸 적이 있는데, 신초사에서 문고판을 낼 때는 증보까지 해서 도합 3년여의 베란다 인생이 책으로 엮였다.

그래서 질리지도 않고 또 썼다. 이제는 거의 일생의 과업이 되었다.

보통 화분을 키우면 사진을 찍지 않냐고 한다. 나는 도통 그러고 싶지가 않다. 사진으로 남겨 본들 내가 화초에서 느낀 감정은 거의 사라지는 것 같다. 늘어놓은 사진을 보고 있으면 과거가 쓸쓸히 덮쳐 올 뿐이다.

이는 내 기억력이 이상하리만치 감퇴한 탓이다.

꽃 사진을 봐도 몇 년 전 아마릴리스인지 떠올리지 못한다. 아무리 고생해 부용을 피웠어도 꽃 한 송이를 보고 나면 이전의 과정이 뇌리에서 사라져 버린다.

그래서 사진 찍기는 나와 어울리지 않는다. 모든 걸 일일이 글로 써 남길 뿐이다.

게다가 써 보면 상황이 명확해진다. 그 꽃의 어떤 모습에 매료되었던 건지, 왜 그 뿌리내린 방식에 놀랐던 건지, 왜 싹 하나가 올라왔다고 미치도록 기뻐했는지, 그런 추상적인 사항들이 서서히 이해되기 시작한다.

반대로 쓰지 않으면 아무것도 이해하지 못한다. 멍하니 바라보고는 이내 잊어버린다.

원래 나는 일기 쓰는 습관이 없다. 내 자질구레한 일상을 글로 써서 남겨 봤자 별 의미 없다고 생각하기 때문이다. 하지만 식물 이야기라면 다르다. 그들의 상태를 최대한 정확히 옮겨 적고 싶다는 숨길 수 없는 강렬한 욕망이 들끓는다.

나는 스스로를 일기 기록자로 여기는 걸지도 모르겠다. 나와는 다른 생물인 식물의 생태계에 기록자로 동참하는 것이다.

사실 그런 기록자 따위는 아무 짝에도 쓸모가 없다. 식물 입장에서는 성가시기만 할 터이다. 글을 끄적일 시간에 비료나 더 달라고 하고 싶을 게 분명하다.

그러나 나는 아무리 민폐 취급을 받더라도 천직을 다한다는 마음가짐으로 임할 뿐이다.

어차피 나는 인간이라 그들에게는 한 줄기 바람만큼의 가치도 없다. 그래도 온 마음으로 애정을 쏟아 식물들에게 인정받고 싶다. 그러한 연유로 맡게 된 일기 기록자 생활 2년의 기록을, 모쪼록 차라도 한 잔 마시며 즐겨 주시길 바란다.

차례

2005년 봄

2004년 봄

나이 43세. 아사쿠사 거주 7년. 베란다 원예 경력 10년. 이것이 앞으로 알아 주셨으면 하는 내 전부다.

나는 스스로를 마음대로 '베란더'라고 부른다. 정원을 가진 가드너와 구별하기 위해서다.

미리 말해 두지만 가드너 분들과 적대 관계에 있는 건 아니다. 다만 시샘이 많을 뿐.

'아, 정원만 있다면 이 식물도 키우고 저 식물도 키울 텐데……' 생각하면서도 일부러 불편을 감수하고 좁은 베란다를 선택한 것이라고 마음을 다잡는다. 도시인의 허세랄까.

그리고 아무리 좁은 장소라도 내 눈을 즐겁게 해 주는 식물들에게 이루 말할 수 없이 깊은 애정을 쏟는다. 그것이 베란더의 본분일 터이다.

봄, 특히 4월은 베란더에게 복음의 시기다. 바깥에는 벚꽃이 만발하며 베란다에서는 서로 약속이라도 한 듯이 화분 저 화분에서 초록빛 잎사귀가 흐드러지게 자라고 꽃이 핀다.

2004년 봄

좌절의 연속이었던 험난한 겨울 물 주기의 고난을 어느새 잊고 우리는 틈날 때마다 물뿌리개를 들고 베란다로 향한다.

이 시기에 식물은 끝도 없이 물을 빨아들인다. 일단 뿌리가 썩을 염려가 없어 종일 물을 주고 싶어진다.

내 베란다에는 아직 산당화가 피어 있고 노란 수선화가 바람에 흔들린다. 또 뭐였는지 까맣게 잊고 있던 작은 나무에서 붉은 봉오리가 나타나더니 향기를 뿜으며 자기는 루쿨리아라고 선언하고, 사 온 지 얼마 되지도 않은 모과나무가 금세 환경에 적응해 꽃피울 준비를 하려는 참이다.

등나무 꽃 새순이 여럿 매달려 개화를 기다리는 건 지금은 벚꽃에게 주역을 양보해 주겠노라는 스타의 여유로 봐야 할까, 아니면 주목을 빼앗길 것 같아 일부러 타이밍을 조절하고 있는 걸까.

봄의 베란다에는 글감이 그야말로 산더미다. 어쩔 수 없이 집 안에 방치해 두었던 화분에서도 매일같이 변화가 나타난다. 조금만 주의를 기울이면 시시각각 생명의 활동을 감지할 수 있다.

당신의 베란다는 어떤가요? 식물의 생명력이 느껴지나요?

2004년 4월 7일

루쿨리아
벚꽃은 아래를 향해 핀다

꽃이란 대체로 햇볕이 드는 쪽을 향해 피는 법이다. 잎사귀도 마찬가지다.

이 당연한 사실이 베란다 원예가를 심히 고뇌케 한다.

왜냐면 항상 꽃이 핀 모습을 뒤에서 보게 되기 때문이다. 방 안에서 꽃의 수려함을 하염없이 바라보고 싶지만 녀석들의 낯은 바깥쪽을 향한다.

하는 수 없이 창문을 열어 샌들을 신고 베란다로 나간다. 그런 다음 굳이 돌아 들어가야 꽃 정면을 볼 수 있다. 이 번거로움이 여간 답답한 게 아니다.

그런데 바로 어제까지 피어 있던 루쿨리아는 달랐다. 쭝긋 삐져나온 연녹색 부분(뭐라 불러야 하는지 모르고 찾아보지도 않았다. 나는 그런 방침을 지켜 왔다)의 끄트머리에 핀 핑크빛 꽃이 하나같이 아래를 향하고 있었다.

태양을 피해 몸을 숨기려 한 걸까? 신기해하다가 번쩍 눈이 뜨였다. 곧장 현관을 나서 2분 남짓 종종걸음을 치자 곧 벚꽃이 만개한 스미다가 강가에 도착했다(우리 집의 지리적 이점이다).

2004년 봄

올려다보니 거의 모든 벚꽃이 내 베란다에 핀 루쿨리아처럼 아래를 향해 피어 있었다. 즉 벚꽃류는 기본적으로 올려다보는 사람을 향해 피는 것이다. 만일 태양으로 얼굴을 향하는 꽃이라면 우리는 뒤쪽만 볼 수 있을 테고, 꽃구경에 별다른 흥취를 느끼지 못할 것이다.

　품종 개량으로 그리된 걸까. 그렇더라도 개량은 이미 오래전에 이루어졌으리라. 벚꽃이 아래를 향해 피지 않았다면 꽃구경 문화도 생겨날 수 없었을 테니 말이다.

　이렇게 당연한 사실을 어째서 지금까지 알아채지 못했을까 자책했다. 집에 돌아오니 내게 중대한 사실을 알려 준 작은 루쿨리아가 바람에 흔들리고 있었다. 아래를 향해 피는 이상 나는 납죽 엎드린 채로 꽃을 즐길 수밖에 없었다.

　아무튼 베란다가 성에 차지 않는 공간임에는 변함이 없다.

2004년 4월 14일

서향나무
'특가품'은 내년용

"이토 씨, 커다란 서향나무가 ○○ 마트에서 2,000엔 밖에 안 한대요! 사는 게 남는 거야!"

이 무시 못 할 문자 메시지를 가까운 곳에 사는 베란 더에게 받은 게 지난달 말의 어느 저물녘이었다. 당연히 헐레벌떡 자전거에 올라타 마트까지 한달음에 달려갔 다. 특가품은 남이 선수 치면 끝이니까.

마트 입구에 있던 햄스터에게 한순간 눈길을 빼앗길 뻔했지만 곧장 반려 동물 용품 매장을 가로질러 실외 식 물 매장으로 나갔다.

있다! 물 채운 버킷에서 불쑥 삐져나온 서향나무가 딱 한 그루 남아 있었다.

나름의 경험상 곧장 가격표부터 확인했다. 특가에 눈 이 멀어 물건을 그러잡고 계산대에 섰다가 "아, 이건 정 상가입니다"라는 말을 듣는 일이 가끔 있기 때문이다.

하지만 높이가 대략 140센티미터나 되는 이 서향나무 는 그렇지 않았다. 정말로 딱 2,000엔.

2,000엔인 이유는 자명했다. 조급히 웃자라 가지는

2004년 봄

처참할 정도로 지저분했고 향내 짙은 자그마한 꽃은 어느 모로 보나 갈색으로 시들기 시작했다.

그러나 화분 가꾸기 세계에서 특가품이란 으레 그런 법이다. 헐값을 노려 잽싸게 사들이고 베란다에서 양생해 다음 해에 꽃피우는 과정이 비길 데 없는 재미다.

아무튼 무사히 특가품을 구입한 다음 자전거 바구니에 도깨비 꼴을 한 화분을 욱여넣고 페달을 밟기 시작했다. 한데 앞을 볼 수가 없었다. 제멋대로 웃자란 놈이니 어련하겠어. 비틀비틀 달려 집에 돌아온 나는 들뜬 마음을 억누르지 못하고 이미 해가 져 어두워진 베란다에서 오로지 감에 의지해 분갈이를 시작했다. 어림짐작으로 흙이 부족하다는 느낌이 오면 망설이지 않고 옆 플랜터planter에 삽을 푹 꽂아 넣었다. 이미 다른 씨를 심었던 것 같기도 하지만 개의치 않으련다.

그렇게 3주가 지났고, 서향은 아직까지 건강하게 자라고 있다. 이파리만 파릇파릇하게 무성하고 꽃 한 송이 없는 모습으로 헛자라기에 박차를 가하고 있다. 플랜터에 씨를 뿌려 두었던 민트가 표토에서 머리를 쳐들기 시작하긴 했지만, 햇빛을 온통 도깨비에게 빼앗기고 있으니 제대로 자라기를 기대하기는 어렵지 않을까.

그러나 특가품을 재빨리 분갈이한 결정을 후회하지는 않는다. 그거면 된 거다.

2004년 4월 21일

등나무
이사로 달랜 심사

올해도 우리 집 동향 베란다에서는 등나무가 꽃을 피웠고, 이제는 때가 지나 콩과 식물 특유의 나비를 닮은 보랏빛 꽃들은 죄다 시들어 화수花穗 심에 간신히 매달려 있는 상태다. 조금 아쉽다.

구입 후 몇 년 동안이나 이 등나무는 꽃피우기를 완강히 거부했다. 당시 나는 지금 사는 아사쿠사 맨션에서 몇십 미터 떨어진 맨션에 살았는데 그곳 베란다는 가혹하게도 서향이었다. 여름에는 지옥의 불가마에 와 있나 싶을 정도로 무더웠다.

그래도 등나무는 죽지 않고 봄이 올 때마다 말라붙은 고목 같은 줄기에서 녹색 물질을 비죽비죽 내밀고는 금세 잎사귀로 틔우고 덩굴로 뻗었다. 그래서 나도 포기하지 않고 필사적으로 돌보게 되었다.

베란다 원예 선배에게 "등나무는 물을 정말 좋아해. 연못 가장자리에 피어 있을 정도니까"라는 말을 듣고 아예 '물고문'에 처하기로 마음먹고 항상 화분 받침대에 물을 찰랑찰랑하게 담아 놓았다. 도감에 적힌 대로 질소

2004년 봄

과다에 신경 쓰며 겨울에는 조심조심 가지를 쳐 주었다.

그럼에도 끝내 꽃은 피지 않았다. 열정적으로 잎을 무성히 펼치고, 어디에 달라붙으려는 건지 사방팔방으로 덩굴을 뻗칠 뿐이었다.

그랬는데 4년 전 이사 후 갑자기 꽃을 피웠다. 정확히는 4년 전 6월에 이사해 좁긴 해도 북쪽, 동쪽, 서쪽 삼면에 하나씩 있는 베란다 가운데 가장 좋은 곳, 즉 동향 땅을 등나무에게 주었더니 이듬해 딱 한 송이의 꽃을 피웠던 것이다.

형언할 수 없이 기뻤다. 그 딱 한 송이를 매일 바라보며 꽃이 더 많이 피기를 기도하는 마음으로 물고문 강도를 높였다.

허나 인간은 나태한 동물이지 않은가. 일단 꽃이 피자 그 후로 매일 하던 물고문의 꾸준함을 잃기 시작했다. 겨울 가지치기도 하는 둥 마는 둥 적당히 했다.

그렇게 대충했는데도 그다음 해에는 꽃송이가 다섯으로 늘어났다. 그 탓에 나는 한층 더 게을러졌다. 등나무는 물고문은커녕 가뭄고문에 처해지거나 무성의하게 질소 비료를 공급받았고 가지치기는 받지도 못했다.

올해는 꽃송이가 무려 아홉이다. 이제 나는 안다. 등나무의 기분은 베란다의 위치가 동쪽이냐 아니냐에 좌우될 뿐이라는 걸.

2004년 4월 28일

칵테일장미
무전지주의자의 전향

황금 연휴가 한창인 때 내 베란다에서는 겹꽃인 백동백이 꽃을 피웠고 겨울에 심은 튤립은 강풍을 꼿꼿하게 견디며 보랏빛 꽃을 틔웠다.

그 와중에 연재는 한 회 휴재. 글감이 잔뜩인데……하며 세간이 해외 여행 등으로 들뜬 동안에도 나는 베란다를 바라보며 하늘이고 땅이고 할 것 없이 저주했고 특히 『아사히 신문』을 저주하며 이를 갈았다.

동백도 튤립도 져 버리지 않았는가.

그러나 고맙게도 칵테일장미가 계속 피어 있다.

수년 전 연극을 하던 시절 축하 선물로 받은 화분을 가져와 길렀다. 작년에는 꽃이 전부 쪼그라들어 있었는데, 올해 초 집에 놀러 온 어머니가 여느 때처럼 마음대로 베란다를 점검하고는 "과감히 바싹 잘라 주는 게 좋아"라고 말했다.

나는 기본적으로 '무전지주의자'다. 자라는 대로 놔두고 피는 대로 놔둔다. 잡초조차 방치한다. 순리대로 자연에 맡기는 게 최고라는 철학이다.

2004년 봄

그런데 오랜 아마추어 원예가 경력을 가진 어머니가 올해는 어인 일로 설득력 있는 말을 던졌다.

"화분이란 게 원래 부자연스러운 거니까 과감하게 가지치기를 해야 해. 식물이나 돌보는 사람이나 꽃도 피우고 잎도 잘 나고 그렇게 계속 변화가 있어야지."

정곡을 찔렸다. 자연 애호가라도 된 양 굴었지만 정작 베란다라는 존재 자체가 생명의 관점에서는 지극히 부자연스럽지 않은가.

군말 없이 가위를 들고 밖으로 나가 칵테일장미를 시작으로 몇몇 화분의 가지치기를 했다.

인정하기 싫지만 4월 말이 되자 칵테일장미가 피어나기 시작했다. 처음 선물로 받았을 때 모습 그대로 크고 싱싱한 꽃이었다. 원예의 부자연성을 인정하고 살아 있는 줄기에 마취도 없이 외과 수술을 실시한 결과다.

복잡한 마음으로 생각했다. 나는 태어났을 때부터 어머니와 부대꼈으니 아마 몇 번은 가지치기를 당했을 거라고. 가지치기를 겪으며 장미가 굳세게 꽃을 피웠듯 나도 그 덕에 지금 이렇게 살아 있는 거겠지.

분하지만 필시 그럴 것이다.

2004년 5월 12일

말리화
두 가지 덧없음

베란다에 말리화 화분이 두 개 있다. 왜 같은 식물이 둘인지 나도 그 이유가 도무지 떠오르질 않는다.

나는 일조나 장마, 진딧물과 치르는 전쟁만큼, 혹은 그보다 더 열정과 에너지를 쏟아 가며 매일 '면적'과 싸우고 있다. 따라서 어지간히 마음에 드는 화초가 아닌 한 결코 같은 종류의 화분을 늘리지 않는다.

심각한 기억력 문제가 있는 내 짐작으로는 아마 한 번쯤 말리화를 고사시켰던 게 아닌가 싶다. 그러다가 어느 가게 앞에서 씩씩하게 피어 있는 둘째 말리화를 발견했을 가능성이 크다.

곧장 그 녀석을 사서 돌아오긴 했는데, 측은한 마음에 말라붙은 첫째 말리화를 차마 버리지 못해 괜히 물이나 조금 주고 어물쩍 넘어가려 했으리라. 그런데 그 첫째 말리화가 쪼글쪼글해진 줄기에서 연두색 싹을 내밀며 부활한 것이다.

그렇다. 틀림없이 그렇다. 이건 베란더들이 흔히 겪는 일종의 '불행 패턴'이다. 버리려 마음먹은 화분에 조금

2004년 봄

이라도 미련을 남기면 결국에는 돌봄의 나날이 시작되고, 점차 욕구 불만이 쌓여 그러면 안 되는데 그만 동종 화분을 사 버리고 만다.

나도 보기 좋게 그 '불행 패턴'에 넘어가 비좁은 베란다에 두 말리화를 키우는 처지가 되고 만 것이다.

하지만 이제는 괜찮다. 동향 베란다에서도 북향 베란다에서도(아마 북향에 있는 게 첫째 말리화일 것이다. 조건이 불리한 쪽에 돌볼 화분을 두는 것이 내 습성이므로) 녀석들은 매일 아침 보랏빛 꽃을 펼친다. 잎이 다섯 장 달린 꽃은 그다음 날이면 새하얗게 변한다. 즉 빛이 바랜다.

과장 광고하는 세제로 씻어 낸 것처럼 색소가 정말로 남김없이 사라지는 것이다. 조수가 빠지듯이, 아니면 부끄러움에 달아올랐던 얼굴이 갑자기 원래 빛깔을 되찾듯이.

나중에 핀 보라색 꽃과 어제는 보라색이던 하얀 꽃. 두 가지 빛깔이 뒤섞인 말리화는 매정하게 흘러가는 시간을 순간에 가두고 있다. 이 조합은 이날 이때만 볼 수 있는 것이므로.

견디기 힘든 덧없음에 나는 일어나기가 무섭게 베란다로 향한다. 가서 말리화를 바라본다.

그런데 진정한 덧없음은 꽃이 졌을 때 찾아온다. 이제 또다시 긴 시간을 들여 두 개의 화분을 부지런히 수발해야 하는 것이다.

다시 찾아올 화기花期, 다만 그것을 위해.

2004년 5월 19일

2004년 봄

2004년 여름

시험받는 계절

이른 장맛비가 끈덕지게 내리는 요즘 전국의 베란더 여러분은 어떻게 지내시나요? 화분의 표토에 생긴 곰팡이 따위를 발견하고는 예상치 못한 속임수에 빠진 듯 떠름한 표정을 지으며 한숨을 내쉬고 있지나 않을는지요. 두루 고생이 많으십니다.

어떤 의미에서는 1년 중 가장 까다로운 게 이 시기다. 베란다 원예가의 실력을 시험받는 계절이라 말할 수 있으리라.

여하간 얼마 전까지만 해도 봄을 찬양하며 들떠 있었는데 갑자기 비가 잦아진다. 흐트러짐 없이 마음을 다잡고 부랴부랴 장마에 대비하려던 참에 이른 장마가 찾아온다.

흥미롭게도 해충 제군은 기상 캐스터보다 한참 먼저 이른 장마의 조짐을 감지하고는 마음에 드는 잎을 고른 뒤 척후병을 보낸다. 이쪽에서 알아채지 못하면 척후병은 매일 몰래 지원군을 요청해 세를 불려 나간다.

따라서 우리는 그동안 들떠 있던 눈빛을 서둘러 엄중

한 경계의 빛으로 바꾸고 초기 단계에 그들에게 퇴각하라고 권고해야 한다. 방치했다가는 결국 해충 대군이 온 화분으로 세력을 확장해, 본격적인 장마가 시작될 때쯤에는 거대 제국을 쌓아 올리기 때문이다.

이 시기에는 물 주기도 까다롭다. 예컨대 바깥에 비가 오더라도 베란다로 들이치지 않는 이상 우리에게는 흐린 날씨와 다를 바가 없기 때문이다. 밖에 폭우가 내리꽂혀도 베란다 세계에서는 가랑비가 내리는 것과 별 차이가 없다.

오로지 자신의 눈과 피부로 날씨를 살피는 우리 베란더는, 덕분에 이웃의 싸늘한 시선에 굴하지 않고 비 오는 날에도 물뿌리개를 꺼내 수상한 물 주기를 수행하게 된다.

습기로 표토가 젖어 보이더라도 손가락을 찔러 넣어 보면 안이 말라 있곤 하다. 반대로 표토만 말라 있고 안쪽에는 수분히 충분한 경우도 있다. 이럴 때는 관찰력과 감으로 헤쳐 나갈 수밖에 없다.

베란다 원예 경력이 10년밖에 안 되는 내가 아는 척하며 이야기하기는 조심스럽지만 '초록의 면적에 맞추어 물 주기'가 요령이라면 요령일 것이다. 잎이 많으면 물을 많이 주어도 어떻게든 빨아들이지만 그 반대 일은 일어나지 않는다. 그 탓에 나무가 약해지고 표토에는 곰팡이가 피며 해충 제국의 표적이 되어 파멸을 맞게 된다.

이렇듯 화분 하나하나의 상태를 신속히 판단해 물 주기 기술을 아낌없이 발휘했을 때, 우리는 크나큰 자부심을 느낀다.

이른 장맛비부터 본격적인 장마철까지. 난감하지만 보람으로 가득하기도 한 계절이다.

2004년 5월 26일

2004년 여름

아마릴리스

아마릴리스의 묘비

지난주 일이다. 잠시 갠 하늘에 이끌려 베란다로 나왔는데 무성한 무화과 잎사귀 사이로 빨간 무언가가 눈에 띄었다. 옆 화분에서 뻗어 나온 아마릴리스 가지 끝에 맺힌, 이제 막 피어나려는 꽃망울이었다.

이 식물을 향한 사랑에 대해서는 문고판으로도 나온 베란다계의 성서 『보태니컬 라이프』(지은이는 나)에서 상세히 설명했기에 생략하나, 아무튼 올해도 아마릴리스가 핀다는 소식에 나는 미칠 듯이 기뻐했다. 베란다 안쪽에서 화분을 끌어당겨 방에서 꽃자루를 잘 볼 수 있게 해 놓고 나니 거의 조증 상태가 되었고, 이어서 불현듯 '흰떡천남성'이라는 이름의 검은색 포엽 식물을 떠올리고는 곧장 그 구근을 심는 작업을 시작했다.

그리고 조증에 충동질당한 그 행동으로부터 몇 분 후, 후회스럽기 짝이 없는 일을 저지르고 말았다.

작업을 마치고 일어서는데 등 뒤로 빠직하는 소리가

난 것이다.

뒤에 있던 아마릴리스 잎이 꺾인 것이겠거니 생각했다. 장검 같은 그 잎은 실제로도 잘 꺾이니까.

그러나 허둥지둥 돌아보아도 꺾인 잎은 눈에 들어오지 않았다. 대신 시야 아래쪽에서 낯선 물체가 뒹굴고 있었다.

다리 힘이 쭉 빠졌다. 주저앉지도 못하고 나는 말없이 서 있었다.

아열대 조류의 부리와 닮은 꽃자루는 앞으로 꽃잎을 두텁고 크게 키워 종내에는 용암이 흘러넘치는 것처럼 흐드러지게 피어날 터였다. 그랬는데……

나는 한동안 망연자실해 있다가 정신을 차린 후 주위를 둘러보며 쭈그려 앉아 꽃자루를 주워 들었다. 죽은 햄스터와 비슷한 무게였다.

무의식중에 나는 손으로 흙을 판 다음 꽃자루를 아마릴리스 밑동에 묻었다. 그리고 가까운 화분에서 길고 가느다란 도자기 판을 뽑았다. 식물 이름을 초크로 써 놓은 판. 그걸 묘비로 삼고 싶었던 것 같다.

그러나 뭐라고 써야 할지 알 수가 없었다. "아마릴리스"라고 쓴 도자기 판을 아마릴리스 밑동에 꼽은들 그것이 묘비가 되지는 않는다. 그냥 명패일 뿐. "아마릴리스, 여기 잠들다"도 이상하다. 본체는 건강하니까.

결국 아무것도 쓰지 않은 하얀 도자기 판을 묘비로 삼

2004년 여름

은 나는 지금도 침울하다. 그런 나를 위로해 주듯 남은 꽃자루 셋이 봉오리에서 튀어나와 피어나기 시작했다.

2004년 6월 2일

계수

식목 시장에서 주인공이 되다

5월과 6월 마지막 주 토요일에는 아사쿠사에서 식목 시장이 열린다. 간논우라観音裏[*]의 좁은 길을 빽빽하게 식목 노점들이 메우는 것이다.

나는 당연히 지난달 말 첫날에 부리나케 출동했다.

역시나 다년간 다니다 보면 나름의 방법론도 확립하게 된다. 우선 골목 끝까지 걸으면서 좌우로 빠짐없이 눈길을 준다.

이 '가는 길'에는 절대 화분을 사지 않는다. 조금만 가면 가지 모양이 한결 나은 녀석을 훨씬 싸게 팔고 있을 수도 있기 때문이다. 구입은 전체를 다 훑고 '돌아오는 길'에 해야 한다.

그래서 나는 '올해는 붉은병꽃나무(조선병꽃나무)가 중국병꽃나무로 바뀌었군'이라든가 '올해는 민트 모종이 하나도 없네' 같은 생각을 하며 '가는 길'을 엄격히 시

---

[*] 아사쿠사 센소지 뒷골목을 가리킨다. 4월에는 벚꽃 축제가 열리는 등 봄 명소 중 하나로 꼽힌다.

찰했다.

그런데 구입 금지인 '가는 길'을 반쯤 지났을 무렵, 이 제껏 본 적 없는 화분과 운명적으로 만났다.

계수였다. 육계. 계피의 나무. 심지어 내 허리 높이까지 올 만큼 큰 그 계수의 가격표에는 두 번 할인한 금액이 적혀 있었다. 겨우 800엔!

곧장 구입했다. '오는 길'이건 '가는 길'이건 간에 이 진품珍品이 800엔이라면 다른 원칙은 무시해도 된다.

그렇게 계수 화분을 들고 길 끝까지 간 다음 돌아오는 길에 점찍어 뒀던 화분들을 차례차례 사들였다. 양손에 비닐 봉지를 한 아름 늘어뜨리고 걷는 나를 몇몇 노점 아저씨가 흘낏거리며 쳐다봤다.

한 아저씨는 고개를 슬쩍 갸웃거렸고 다른 아저씨는 입 모양으로 "저거 …… 아냐?"라고 말했다. 프로들이 내 계수에 주목한 것이다.

마침내 한 아저씨가 가게는 뒷전에 둔 채로 따라붙어 "그 화분, 혹시 계수요?" 물었다. 나는 끄덕였고 다른 아저씨는 우리가 주고받는 모습을 숨죽이고 살폈다.

전문 판매자들이 모두 이쪽을 쳐다보는 기분이 들었다. 나는 아주 득의만만해졌다. 발 빠르게 진품을 발견해 망설임 없이 획득한 나는 식목 시장에 혜성처럼 나타난 신예 스타였다. 적군 수장의 목을 벤 젊은 무사와 진배없었다. 나는 의기양양하게 남은 '돌아오는 길'을 걸었다. 내친걸음에 단골 메밀 국수 집에 들러 좀처럼 주문하지 않는 맥주를 시켜 꿀꺽꿀꺽 마셨다. 주위에는 온통 비닐 봉지이건만, 취기가 오른 무사의 시선은 계수나무에 고정되어 있다.

지금 '계수'라는 단어를 적는 것만으로도 나는 도취감에 젖는다. 식목 시장에 지각변동을 일으킨 사내.

그가 바로 나다. 계수.

2004년 6월 9일

조건 좋은 베란다라는 잠꼬대

전에 나는 집에 베란다가 "북쪽, 동쪽, 서쪽 삼면에 하나씩 있"다고 썼다.

그러나 베란다가 많다고 꼭 좋은 건 아니다.

예를 들어 외벽이 높으면 그만큼 일광이 차단당한다. 조건이 좋은 편인 동향 베란다에서도 벽면부터 폭 20센티미터 정도는 쓸 수 없다.

간유리 벽면이라면 어떨까. 분명 일조량은 확보된다. 그러나 서향이라면 여름이 지옥이다.

덤으로 베란다에 두는 실외기 위치와도 싸워야 한다.

나는 원자력 발전 반대파라 여름에 아무리 더워도 어지간해서는 에어컨을 틀지 않는다. 반바지에 상의를 벗고 찬물에 적신 타월을 머리에 얹은 채로 부채를 부치며 여름을 난다. 그럼에도 한여름 며칠간은 한낮 전력 소모가 가장 많은 시간을 피해 냉방을 할 때가 있다.

알다시피 실외기에서 나오는 온풍도 상당하다. 그러므로 실외기 위치가 어디냐에 따라 화분을 놓을 수 있는 무풍지대가 크게 제한되기도 한다.

또 종종 맨션이나 아파트의 고층을 동경하는 사람들이 있는데, 사실 베란더 입장에서는 고층이 오히려 성가시다. 바람이 세게 불어 작은 화분은 둘 수 없기 때문이다. 잠시라도 방심했다간 화분이 옆으로 쓰러지기 십상이다.

반대로 키가 큰 식물이면 화분도 무게가 나가니 괜찮겠거니 싶겠지만 이는 더없이 큰 착각이다. 벽 높이를 넘어선 줄기와 잎은 강풍을 정면으로 맞게 된다. 공급받은 양분 대부분이 그 비참한 상황을 견디는 데 사용되므로 식물은 움츠러들고 만다.

루프 발코니는 사실 나도 동경하지만, 진지하게 생각해 보면 고생이 끊이지 않을 것이 뻔하다. 예컨대 태풍이 오면 그때마다 화분을 방으로 들일 필요에 쫓기게 된다. 또 높은 벽 뒤편에 화분을 바싹 붙여 폭풍을 지나 보내는 비책도 써먹기 어려울 것이다. 통풍이 너무 잘되기 때문이다.

이렇게 따져 보면 베란다 원예계에 알맞은 부동산은 어디에도 없음을 알 수 있다. 모두가 평등하게 악조건과 맞서며 저마다의 지혜로 춘하추동을 견뎌 내고 있다.

그렇기 때문에 베란더들은 서로를 존경한다. 좁건 넓건 볕이 잘 들건 안 들건 우리는 베란다라는 고난을 함께 견디며 살아가는 동지다.

2004년 6월 16일

2004년 여름

꺽다리

금세 뿌리를 내리는 '꺽다리'

'꺽다리'라고 불리는 식물이 동쪽 베란다 실외기 위에서 자라고 있다.

학명 불명. 통칭도 불명. 사실 이 녀석을 꺽다리라고 부르는 건 나뿐이다.

원래는 3월 생일 때 일터에서 꽃다발로 받은 것이다. 꽃병에 꽂아 두었던 꽃들은 이윽고 전부 시들었지만 가장 뒤편에 서 있던 몇 가닥 '가는 녹색 줄기가 구불구불 꼬여 있는 녀석'에게서 새싹이 났다.

뭐라 설명하면 좋을까. 요새 꽃다발에 안개꽃이나 백합 따위와 조합해 자주 들어가는 그 녀석 말이다.

나는 녀석의 이름도 모른 채로, 그 휘파람새를 연상시키는 회갈색 싹에 매료되었다. 꽃병의 물을 계속 갈아 주자 싹은 이내 '둘둘 말린 것 같은 상태의 가늘고 긴 잎'으로 변했다.

당연히 그즈음부터 물에 잠긴 부분에 수염뿌리가 나기 시작했다. 나는 세심하게 주의를 기울여 물갈이를 계속해 주었고, 큰 화분과 그것을 둘 공간을 준비해 놓고

서 뿌리가 충분히 자라나길 기다렸다.

여전히 녀석의 정체는 모르는 채, 4월 둘째 주에 대망의 분갈이를 실행했다.

녀석은 '둘둘 말린 것 같은 상태의 가늘고 긴 잎'을 차츰 곧게 뻗기 시작해, 흡사 '저는 몇 년 전부터 계속 이 자리를 지켰거든요'라는 듯한 분위기를 베란다에서 풀풀 풍겼다.

선물받은 꽃다발을 화분으로 만들려 드는 옹색한 근성은 모든 베란더의 공통점이라 할 만하다. 짚대 한 줄기로 시작해 부자가 되는 민담 「짚대 장자」가 연상되기도 하고 카스피해 요구르트 만들기처럼 무에서 유를 창조하려 드는 '생활의 지혜' 느낌과도 맞닿아 있다.

그렇기에 대개는 실패한다. 꽃집도 쉽게 기득권을 넘겨 줄 마음은 없을 터라 수염뿌리가 자라는 식물은 꽃다발에 넣지 않을 것이다. 아마도.

그러나 녀석은 그 틈새를 뚫고 꽃다발계에 등장했다. 아니, 내가 꽃다발계의 빈틈을 찾은 셈이다. 이건 뿌리를 내린다. 즉 화분으로 만들 수 있다!

다만 애석하게도 이름을 모른다. '가는 녹색 줄기가 구불구불 꼬여 있는 녀석'이라고 불러서는 도무지 애정이 생기지 않는다.

이럴 때는 일단 나처럼 꺽다리라고 부르면 어떨까. 꽃다발을 주문할 때 '꺽다리를 넣어 주세요'라고 콕 집어

2004년 여름

서 요청하는 것이다. 껑다리는 뿌리를 내린다. 화분이
된다!

2004년 6월 23일

붓꽃과 달개비
새들의 선물

　이웃 베란더 부부에게 화분 세 개를 분양받았다. 붓꽃, 달개비, 작살나무. 모두 한눈에 상쾌함이 전해지는 식물이다.

　나는 보통 쉽게 화분을 늘리지 않는다. 오랜 숙고를 거쳐 결정하는 편이다. 그러나 이번에는 바로 손이 나갔다. 특히 붓꽃과 달개비는 꼭 갖고 싶었다.

　부부는 새들이 두 식물을 가져온 것 같다고 했다. 분명 산 기억이 없는데 화분에서 싹을 틔우고 쑥쑥 자라났단다.

　부부의 베란다는 4층 맨션 최상층이고 위에는 옥상인 것으로 기억한다. 그래서 새들이 날개를 쉬러 오는 장소로는 최적이다.

　겁 많은 작은 새들은 어느 방향으로도 날아갈 수 있는 장소에만 내려앉는다. 그런 까닭에 하늘이 탁 트인 넓은 베란다로 날아든다.

　물론 휴식만 취하는 것은 아니다. 때로는 작은 접시에 파종해 키운 피라칸타 열매를 쪼아 먹거나, 어떤 새싹이

2004년 여름

입맛에 맞을지 열심히 들쑤시기도 할 것이다.

그러다가 의외의 보답을 하기도 한다. 어딘가 먼 연못 가장자리에서 식물의 씨앗을 운반해 와 묽은 똥으로 감싸 선물해 주는 것이다.

그 선물이 붓꽃과 달개비여서 저릿하게 황홀하다. 이 얼마나 우아하고 아름다운 조합인가. 녀석들이 헤이안 시대의 새들이라 해도 믿길 정도다.

새들도 대도시에 살다 보면 각박해지지 않을까. 특히 식생활이 서양식으로 바뀌지 않을 도리가 없을 터라 "버찌보다는 미국 체리가 맛있지"나 "난 편의점만 있으면 돼"라고 말할 신세대가 늘어나고 있을 게 분명하다.

하지만 아직 생태계는 의외로 변하지 않았다. 새들은 여전히 재래종 붓꽃과 달개비 씨앗을 집어삼키고 그것을 땅 위 여기저기에 떨구고 다닌다.

이는 재래종의 끈질김을 보여 주는 좋은 사례기도 한데 식물은 새들을 유혹해 씨앗을 먹게 하고 위장 속에서 녹지 않은 채로 이동한다. 이 순환적인 패턴 또한 변하지 않은 듯하다.

그렇게 가까운 베란다로 운반된 붓꽃과 달개비가 이번에는 인간의 손에 의해 이동한다. 우리 집에 온 것이다. 생명의 거대한 순환에 섞여 든 지금 나는 이루 말할 수 없이 행복하다.

2004년 6월 30일

스파르타 학원의 신입생

5월 식목 시장에서 사 온 '사계절 내 꽃피는 조롱나무'는 이후 생명 활동이라고는 손톱만큼도 보이지 않은 채 뻣뻣이 서 있고, 결론부터 말하자면 샀을 때 이미 죽어 있었던 모양이다.

또 식목 시장에서 개다래나무와 싸리나무도 데려왔는데 갑자기 시들기 시작했다.

모두 며칠 전까지는 아주 건강했다. 아무래도 폭염에 더위를 먹어 뿌리가 상한 것 같다. 물 주는 방식에 문제가 있었던 걸까.

일에 쫓기다 보니 그만 베란다 상황을 제대로 파악하지 못했던 것이다.

일례로 나는 어느 날 정오를 조금 지나 외출하려다가 표토가 마른 것을 발견하고 서둘러 베란다에 물을 뿌려 댔다. 내리쬐는 햇볕이 강해지는 시간대에 물을 주면 그 물은 온수가 된다. 뿌리가 다치고 결국에는 잎이 시드는 게 당연하다.

고참 화분들은 이런 부조리한 처사에 익숙해져서 나

자빠지는 일이 없다. 온수건 냉수건 꿀꺽꿀꺽 마시고 쑥 쑥 자란다.

겨를이 없던 나는 신경 쓰지 않아도 쑥쑥 자라는 화분 들만 보고 정작 살펴 줘야 할 신입들에게는 주의를 기울 이지 않았던 것이다.

그 벌이 바로 죽음이다. 얼마 전까지 바람에 살랑이며 기분 좋아 보이던 식물이 갑자기 잎을 떨군다.

설마…… 했을 때는 이미 늦었다. 그르친 건 그르친 거다. 겨우 남은 잎사귀의 끝도 변색되고, 줄기는 힘을 잃고 늘어지며, 표토 상태도 다른 화분과 확연히 달라 보인다. 진즉에 뿌리가 죽었으므로 모든 것이 끝났다. 차 떠나고 손 흔드는 격.

전학생은 필사적으로 환경의 변화를 견뎠다. 그러나 나는 그만 돌봄의 기준을 기존 학생에게 맞춰 놓곤 '무 화과 군과 로즈메리 씨가 매일 건강히 등교하니 교실은 오늘도 이상 무!'라고 생각했다.

그리고 무시당한 신입생들은 우리 스파르타 학원에 서 조용히 사라져 갔다. 이번 여름만 넘겼더라면 온수에 아랑곳하지 않는 둔감한 강자가 되었을 텐데.

식목 시장반 가운데는 표주박과 여주 그리고 병꽃나 무가 험난한 학원 생활을 여태 잘 견뎌 내고 있는 모양 새다. 그러나 조금만 방심하면 그대로 이 반이 날아갈 것 같기도 하다.

그나마 홀로 쾌조인 것이 계수다. 계수!

2004년 7월 7일

2004년 여름

앤젤스트럼펫
피지 않는 꽃과 용서할 수 없는 벌레

몇 년에 걸쳐 키우던 앤젤스트럼펫, 별칭 다투라가 올봄 처음으로 노란 꽃을 피웠다.

꽃이 핀 것은 내가 완고한 무전지주의를 철회한 덕이다. 겨울이 끝나 갈 무렵에 작심하고 가위질을 해 줬더니 그대로 봉오리가 맺혔고 순식간에 꽃이 피었다.

그런데 역까지 가는 길에 보니 앤젤스트럼펫이 있는 다른 이웃 집은 모두 한 번 더 꽃을 피운 것처럼 보였다. 이 녀석들은 초여름에도 다시 꽃을 피울 듯했다.

혹시 그런 걸까? 꽃이 피면 다시 전지를 한다? 전지 초보자로서는 영문을 모르겠다. 모처럼 꽃이 피었는데 한창 무성한 줄기를 자른다……

실제로 전지가 필요한지 어떤지는 차치하고, 아무튼 내 앤젤스트럼펫은 두 번째 봉오리를 맺을 생각을 안 한다. 안 맺을 뿐만 아니라 급기야 내가 가장 싫어하는 벌레가 들러붙기 시작했다.

부드러운 새싹 가까이에 거미집으로 보이는 하얀 막이 생겼고, 참깨만 한 크기의 갈색 벌레 떼가 빽빽하게 모여들었다.

앤젤스트럼펫을 특히 좋아하는 저 벌레들을 나는 도저히 용납할 수 없었다. 그래서 잎사귀 위에 있는 게 보이면 필사적으로 눌러 죽였고 더는 불어나지 않도록 잎에 물도 뿌렸다.

그러나 문제는 거미집이었다. 놈들의 영향으로 커다란 잎의 표면이 황토색으로 바래 버렸고 건드리기만 해도 바스러져 떨어지는 지경에 이르렀다.

잎에만 집적대는 거라면 나도 어떻게든 참을 수 있다. 예컨대 나비 애벌레가 나타나 잎을 뜯어먹고 고치를 틀었다가 이윽고 날아가는 정도라면 나도 사리분별이 가능한 어른이니 눈감아 줄 수 있다는 뜻이다. 새로운 생명을 위해 잎 네댓 장쯤은 기꺼이 기증할 용의가 있다.

그러나 단단한 외피를 두른 저 갈색 빛깔 놈들은 대체 무엇을 바라는 것인지 알 수가 없다. 다만 수를 불릴 뿐이고 화마가 할퀴고 가듯이 와삭와삭 뜯어 먹고 변색시켜 버린다.

기생하는 식물을 상처 입히고 쇠약하게 만드는 행위로 도대체 무슨 이득을 얻는 걸까. 그야말로 곤충계의 쾌락범 아닌가.

몸뚱이가 작으니 양껏 먹은 다음에는 쿨쿨 잠이나 자면 될 텐데. 그동안 식물은 다음 잎사귀를 틔울 테니 말이다. 그러고 나서 다시 기분 좋게 먹으면 될 일이다. 그렇지 않은가?

내 설득은 아무 효과도 없고 놈들은 오늘도 무의미한 테러 활동에 여념이 없다.

이럴 바에야 꽃이 진 뒤 건강한 잎사귀 채로 줄기를 잘라 줄 걸 그랬다.

2004년 7월 14일

물만으로는 부족하다

"물만 주면 어떻게든 된다"는 든든한 가르침이 베란 더계의 대법전『보태니컬 라이프』(참 집요하다 싶겠지 만 지은이는 나다)에 실려 있다.

그런데 그런 믿음을 가졌던 나 자신이 개종을 했다.

실은 이번 달 초에 연극을 시작했고 각본도 반 정도 썼는데, 작업하면서 계속 체중이 줄었다. 원래 체중 증 감이 심한 편이라 살이 찌든 빠지든 별반 신경 쓰지 않 았다. 주변 사람들은 야단이었지만.

연극이 끝난 뒤 이제 원래 몸으로 돌아가겠거니 생각 한 나는 신작『조루리』浄瑠璃 집필을 위해 호텔에 틀어 박혔다.

헌데 의자에 앉지도 못할 만큼 피로했다. 머리가 멍하 고 손발에 힘이 들어가지 않았다. 결국 이틀 내리 잠만 잤다.

내 몸에 무슨 일이 일어난 건지 전혀 파악할 수 없었 다. 그나마 식욕은 있었다. 물도 하마마냥 마구 마셔 댔 다. 그럼에도 체력이 좀처럼 회복되지 않았다.

2004년 여름

황급히 단골 한의원에 달려갔더니 대뜸 "이토 씨, 잘 때 땀 많이 흘리죠?"란다. 한약 처방을 받고 와서도 나는 도무지 납득이 되지 않았다.

집에서 잠시 한약을 쳐다보는데 아버지가 작년에 정원 일을 하다가 쓰러졌던 일이 떠올랐다. 그때는 아들인 내 얼굴조차 알아보지 못했고, 한 달 정도 정밀 검진을 반복한 뒤 결국 탈수증 진단을 받았다.

아버지나 나나 물을 많이 마신다. 땀도 많은 편이다. 땀을 흘릴 때는 전해질이며 당 따위가 몸 바깥으로 배출되는데 정작 그것들은 다시 보충하지 않고 수분만 섭취하니 탈수증이 온 것이다.

나는 황급히 냉장고를 열어 마침 사 두었던 이온 음료를 꿀꺽꿀꺽 들이켰다. 곧바로 효과가 나타났는지 머리가 맑아졌다. 잠깐 지나자 다시 멍해졌지만 원인은 판명되어 마음이 편해졌다.

"물만 주면 어떻게든 된다"는 건 거짓말이다. 몸소 그 거짓을 체험한 나는 그때부터 비료에 예민해졌다. 상태가 조금이라도 이상하게 느껴지면 우선 비료를 뿌린다. 물만으로는 부족하다.

2004년 7월 21일

나팔꽃
열악한 도시의 여름

분명 지금 여러분 베란다에는 자주색, 선홍색 나팔꽃이 흐드러지게 피어 있을 것이다. 부럽기 짝이 없다.

나도 매년 나팔꽃은 빠뜨린 적이 없다. "나팔꽃 씨앗은 산자 마쓰리三社祭り가 끝나면 곧장 뿌리는 거야." 아사쿠사에 사는 선배 베란더의 말대로 5월 하순에 지난해 챙겨 둔 씨앗을 흙에 심었다.

씨 뿌리는 시기가 조금이라도 잘못되면 나팔꽃 상태에 바로 영향을 미친다.

너무 이르게 시작하면 조숙해서 6월 장마부터 작게 꽃이 피다가 꽃송이가 다 크지 못한다. 반대로 너무 늦게 시작하면 성장기가 초여름 더위에 가로막혀 진이 빠져 시들해진다.

마쓰리 시기는 식물에게 중요한 계절의 길목에 맞춰 정해져 있다. 인간은 자연을 면밀히 관찰하고 결실을 기

↗ '산자'는 현 아사쿠사 신사의 옛 이름으로, 매년 5월 중순에 그곳에서 이틀간 열리는 축제를 '산자 마쓰리'라고 한다.

2004년 여름

원하면서 눈에 보이지 않는 계절의 변화를 마쓰리로 구현한 것이다. 참으로 놀라운 지혜 아닐까.

……이렇게 심오한 우주 스케일의 통찰에 이르렀음에도 나는 올해 나팔꽃 재배에 완전히 실패했다. 실은 올봄 지인에게 '원종 나팔꽃' 모종을 세 그루 받았는데, "꽃은 작지만 가을까지 계속 핀다"라는 글귀에 혹해 방심한 나머지 다른 나팔꽃은 심지 않았던 것이다.

일단은 주의를 기울인다고 원종 나팔꽃을 동쪽과 북쪽 베란다에 나누어 심었다. 아무리 원종의 생명력이 강하다 해도 어쨌든 처음 심어 보는 것이라 두 가지 환경을 준비했다.

그런데 동쪽 나팔꽃이 먼저 메꽃 닮은 작은 핑크빛 꽃을 피우더니 시들기 시작했다. 벽 가장자리에 너무 붙어 있어 햇빛을 충분히 받지 못했던 걸까.

그렇다면 북쪽에서 담판을 짓겠다는 마음으로 남은 모종을 돌보는 데 힘을 쏟았다. 하지만 오래 버티지 못하고 꽃을 피우면서 시들었다. 마지막에 가서는 줄기가 바싹 말라 노끈처럼 되어 버렸다. 마지막 남은 힘을 쏟아 피워 낸 한 송이 꽃이 너무나도 애잔했다.

원종은 도심의 광화학 스모그며 열섬 현상이 지긋지긋했던 것 아닐까. 그래서 스스로 목숨을 끊은 것 아닐까. 분명 원종은 원종답게 살던 과거의 환경을 원했던 것이리라.

그런 까닭에 열악한 환경에서 살아가야 하는 내 베란다에는 올해 나팔꽃이 없다. 열악함을 잊게 하는 그 가련한 꽃이 없다. 매일 나는 숨길 수 없는 열악함과 마주한다.

　그런 여름이다.

2004년 7월 28일

2004년 여름

모과
수확이라는 이름의 정체성

모과 열매가 열린 것이 개화하고 거의 바로 다음이었으니 아마 봄 무렵이었을 것이다.

간신히 열린 하나뿐인 열매는 여름이 되도록 초등학교 저학년생 주먹만 한 크기에 선명한 황록색을 유지한 채로 나무에 매달려 있다.

이렇게 열매를 맺는 식물은 베란더를 심히 들뜨게 함과 동시에 초조하게도 한다.

즐거움이 꽃에서 그치지 않고 열매로 이어지는 것은 참으로 감사한 일이지만, 유감스럽게도 우리는 수확할 시기를 알아채기가 힘들다.

베란더 대부분은 집에 원예 책을 적어도 두 종류 정도는 구비해 놓고 있을 것이다. 하나는 꽃에 관한 정보가 담긴 백과 사전, 또 하나는 열매를 맺는 나무에 관한 묵직한 책 아닐까.

이렇게 두 권만 있으면 대부분의 식물 정보는 문제없을 것이다. 내 화분이 실려 있지 않더라도 잎 모양으로 종을 유추할 수 있고 화분 팻말에도 짧게나마 소개가 쓰여 있으니 말이다.

그렇지만 원예 책에도 팻말의 소개 문구에도 '열매가 열렸다면 어느 시점에 수확해야 하는지'는 대개 쓰여 있지 않다.

원예가보다는 농민의 지식이기 때문일 것이다. 그래서 우리 원예가는 '맛있는 모과를 수확하는 일'에 종사할 수 없고 열매가 표토 위에 떨어지는 덧없음을 속수무책으로 지켜볼 수밖에 없다.

얼마 전에도 나는 모처럼 열린 라임 열매를 언제 수확하면 좋을지 판단하지 못했고, 결국 열매는 시들어 버렸다. 포도송이가 탐스럽게 열려 있는 화분을 사 와서도 그 상태에서 손을 대지 못해 이윽고 새들이 쪼아 먹게 만들었다.

하지만 후회하는 건 결코 아니다. 만약 내가 모과 수확 시기를 숙지하고 있고 라임을 멋지게 재배해 수확할 줄 알며 가장 잘 익었을 때의 포도를 식탁에 올릴 수 있다면, 그 시점에 나는 이미 베란더가 아닐 것이다. 농업 쪽으로 한 발 비집고 들어선 누군가겠지.

이는 중대한 정체성 문제다. 농업은 농가의 전문 기술이며 나는 그것을 존중한다. 내게는 그저 떨어진 열매를 주워 먹어 봤더니 맛있더라고 하는 정도의 어중간한 상태가 어울린다.

……그렇긴 한데 모과는 언제쯤 노랗게 변하는 것일

2004년 여름

까. 적당주의긴 하지만 수확 자체를 동경하는 건 어쩔
도리가 없다.

2004년 8월 4일

꽃은 피를 흘리지 않는 산 제물이다

　태국에 가면 집들 앞이나 길가에 작은 사당이 늘어선 것을 보게 된다. 요란한 색상의 수많은 사당. 태국인들은 그곳에 '피'phi를 모신다. 피는 보통 '정령' 정도로 번역되지만 어떤 때는 선조이기도 하고 그 장소에서 사고를 당해 죽은 사람의 영혼이기도 하다. 태국은 불교 국가면서 힌두교의 신을 모시기도 하는 등 그 실태가 복잡하다.

　그건 그렇다 치고 태국을 좋아하는 나는 '피'를 모셔 둔 사당과 모시는 사람들의 마음에 오래 이끌려 왔다. 그래서 올해는 여행 간 김에 사당을 사 왔다.

　진품은 콘크리트라서 상당히 무거운 데다 관습에 따르려면 역시나 콘크리트제 각주角柱 위에 올려야 해서 결국 단념할 수밖에 없었고 대신 제대로 모사한 목제품을 샀다.

　안에는 그간 선물로 받은 아시아 각지의 신상과 불상을 채웠지만 그것만으로는 어쩐지 흡족해지지 않았다.

　그렇다고 태국인들처럼 매일 아침 접시에 음식을 올

려 공양할 만큼 신심이 있는 것도 아니다.

그저 무언가 나를 넘어서는 거대한 존재 앞에서 합장하는 겸손의 마음을 느끼고 싶을 뿐이다.

생각해 보니 틈날 때마다 나는 활짝 핀 꽃을 공양하고 있었다. 사실 태국인들에게는 피를 모신 사당에 화환을 거는 관습이 있는데 무의식중에 그것을 흉내 낸 것이다.

그러다 불현듯 꽃이 산 제물임을 깨달았다. 돼지나 새를 죽이는 대신 꽃을 공양한 것이다. 유혈과 살생을 대신하는 원리를 나는 몸소 이해했다.

물론 이 또한 잔인한 일이다. 특히 베란더로서 피어난 꽃을 꺾는 것은 생명을 끊는 행위다. 그러나 그렇게 하지 않는다면 거대한 자연을 향해 두 손을 모으는 의미가 없다. 산 제물을 바치는 자신의 몰염치를 고통 속에서 깨닫는 데 제의의 의미가 있다.

신심이 없는 나는 이렇게 먼 나라 태국에서 사 온 사당에 부러 가위도 쓰지 않고 꽃을 꺾어 바치고 있다. 뚝하는 소리에 마음이 아프다. 아픈 만큼 다시 진지하게 손을 모은다.

꽃은 산 제물이다. 그러나 한결 평화로운 산 제물이다. 꽃을 꺾는 행위에는 희생을 최소한에 그치게 하려는 인류의 지혜가 담겨 있는 것 아닐까.

2004년 8월 11일

표주박과 여주
반려 동물에 가까운 식물

난 무슨 과의 식물이건 덩굴만 있으면 좋아한다. 콩과
건 박과건 다 좋다.

덩굴은 몇 시간 만에 쑥쑥 자라 가까운 물체에 다가간
다음 재빨리 휘감는다. 시각 능력을 가지고 있는 게 아
닌지 의심스러울 정도다.

또 신기하게도 녀석들은 취향을 탄다. 인간이 자기 편
의로 어딘가에 감아 두어도 어느새 풀어져 있다. 마음에
안 든다는 거다.

거의 동물의 영역 아닌가 싶다. 덩굴이 있는 식물은
다른 식물에 비해 아이큐가 높다는 게 내 지론인데, 키
우는 입장에서는 이제 마치 반려 동물처럼 느껴진다.

현재 내 베란다에서는 표주박과 여주가 같은 화분 안
에서 자라는 중이다. 작년에도 사육에 도전했다가 어중
간한 결과를 냈기 때문에 이번에는 잔뜩 신경 쓰며 돌보
고 있다.

베란다 위쪽에서 통기공을 발견한 나는, 위험을 무릅
쓰고 의자를 가져와 발돋움해 통기공에 철사를 걸고 실

2004년 여름

을 몇 가닥 늘어뜨렸다.

강풍이라도 불었다면 추락을 면치 못했을 내 과감한 행동을 표주박과 여주도 높이 사 주었는지 털실을 움켜잡고 며칠 사이에 베란다 천장까지 자랐다.

자란 건 좋은데 그다음이 없었다. 표주박 녀석들이 앞다투어 가지를 늘려서는 베란다 천장에 마냥 머리를 들이받았던 것이다.

가능하다면 윗집 사람과 상의라도 해서 이 녀석들이 타고 오를 실을 위층에서 늘어뜨리고 싶은 지경이었지만, 만약 그렇게 한다면 표주박은 며칠 내로 그다음 층을 향해 뻗어 갈 게 뻔했다.

그렇게 되면 나는 꼭대기 층 주민과도 상의해야 하고 만에 하나 모든 주민의 협력을 얻더라도 그때 가서는 내 표주박과 여주가 맨션 전체의 공유 재산이 될 것이다. 이래서는 뭔가 취지가 달라지는 셈이다.

하는 수 없이 나는 또다시 위험을 무릅쓰고 통기공에 걸어 둔 철사에 사방팔방으로 실을 늘어뜨렸다. 부디 덩굴이 횡으로 자라거나 곤두박질치지 않기를 바라면서.

그러나 덩굴은 그 대책을 완벽하게 무시했다. 지금 내 베란다에서는 길 잃은 무수한 덩굴과 실가닥이 바람에 흔들리며 황량한 풍경을 만들어 내고 있다.

이대로 가다간 덩굴 식물을 싫어하게 될 것만 같다.

2004년 8월 25일

무화과
행복의 투영

열매가 열리지도 않는 무화과나무를 애지중지 키우고 있다.

물을 좀 부족하게 줘도 무화과는 결코 시들지 않고, 덴구天狗✦의 부채처럼 커다랗고 듬직한 잎사귀가 가느다란 나무를 온통 무성하게 뒤덮었다.

한겨울에는 민둥산이 되지만 그래도 마디마다 생명력이 충만해 맹금류의 발톱을 닮은 싹을 언제 불쑥 내밀지 알 수 없다.

즉 이 중근동中近東 지역 출신 식물은 어떻게 키워도 시들지 않을 것 같은 강인함을 지녔다고 할 수 있다.

바로 어제까지만 해도 그런 든든함이 나를 매료했다고 생각했다. 어젯밤 창문으로 무화과나무 그림자를 돌아보기 전까지는.

그 순간 나는 어릴 적, 즉 쇼와 40년대[1965~1974년]

✦ 일본의 민담 등에 나오는 도깨비. 흔히 깊은 산속에 살며 부채를 들고 하늘을 날아다닌다고 상상되었다.

일을 떠올린 것이다.

그 시절에는 아직 도쿄 번화가에서 사슴벌레를 잡을 수 있었다. 신사 주변의 너도밤나무나 졸참나무 밑동을 뒤지면 이 여름 보물이 모습을 드러내곤 했다.

초등학교 고학년이 될 때까지 커서 곤충 박사가 될 거라고 믿어 의심치 않았던 나는 수채를 잠자리로 키우고 양배추밭에 생긴 배추흰나비 애벌레를 관찰하면서 시간을 보냈더랬다.

여하튼 무화과 말인데, 어른이 되어서는 곤충 박사가 되겠다는 꿈을 까맣게 잊고 있었다. 그러다가 울퉁불퉁 잘게 옹이 박힌 무화과나무 가지의 모습을 멀거니 바라보다가 어린 시절 이것과 똑같은 무화과나무가 길가에서 자라던 것을 문득 떠올렸다.

조그만 집에 지붕을 잇댄 틈새, 꼬불꼬불 굽은 좁은 길이 휘어지던 바로 그 모퉁이. 거기에 내가 집착해 마지않던 키 작은 무화과나무가 있었다.

꼬마인 나도 발돋움하면 꼭대기까지 손이 닿을 것 같았던 그 무화과나무의 가느다란 줄기에서 하늘소를 발견한 적이 있다!

알락하늘소.

정말 근사한 놈이었지.

손 안에서 끽끽 소리를 내는 그 사냥감을 초등학생 시절에 두 번 발견했던 것 같다.

그 추억이 되살아났다.

그래서 무화과나무가 열매를 맺건 못 맺건 상관없이 애착을 가지고 키웠던 것이다.

나는 행복했던 순간을 기억 속에 갈무리하고 그 순간을 무화과나무에 투영하며 계속 사랑해 왔다.

2004년 9월 1일

2004년 여름

접시꽃

하늘을 향해 자라지 않는 저주

접시꽃의 화기가 끝났다. 내 베란다에서는 전혀 피지 않고 그렇게 끝났다.

나는 접시꽃을 굉장히 좋아한다. 버팀목도 없이 길가에 우뚝 서서는 얇은 종이 같은 꽃을 펼치는 그 자태는 정말이지 자연스럽고 소박한 정취가 넘치는 데다 화려하기까지 하다.

이 꽃은 어떻게 스스로를 지탱하는 걸까. 줄기는 그다지 두껍지 않다. 그럼에도 하늘을 향해 꼿꼿이 곧추서 있다.

나는 여행지 등에서 접시꽃을 볼 때마다 마음이 들떠, 꽃이 지고 씨앗이 맺힌 걸 보면 꼭 채취해 왔다.

그러던 중 올봄 접시꽃 화분을 파는 것을 발견하고는 바로 구입해 집으로 가져왔고, 목제 보관함에서 "산지: 나라奈良 어딘가"라고 적어 둔 씨앗 봉투를 꺼내 같은 화분에 심었다.

참고로 니가타산과 교토산 씨앗도 있는데 나라산을 고른 것은 씨앗을 채취한 날에 비가 억수같이 쏟아졌기 때문이다. 신야쿠시지新藥師寺✦ 부근에서 비에 흠뻑 젖어 가며 필사적으로 씨앗을 땄다. 그렇게 노력했으니 결실을 맺고 싶은 것이 인지상정 아닌가. 며칠 지나자 이 씨앗에서 싹이 났고 사 온 접시꽃에서는 미니어처처럼 앙증맞은 잎이 나왔다. 새끼 손가락 손톱만 한 잎사귀였다. 접시꽃 모자母子를 키우는 기분이 들어 무척 만족스러웠다.

그런데 모자는 그 뒤 일절 변화를 보이지 않았다. 건강하긴 건강한데 '하늘을 향해 꼿꼿이 곧추설' 기미가 전혀 없었다.

엄마 쪽이 다소간 생육 부진을 보이는 것이라면 어쨌든 납득할 수 있다. 어느 정도 크면 일단 영양을 모은 뒤 폭발적으로 성장하는 경우도 종종 있기 때문이다. 그러나 엎친 데 덮친 격으로 갓 태어난 아이까지도 변하지 않는다니……

수직으로 돌진해야 접시꽃이라 할 수 있는 것 아닌가! 그렇게 멀뚱거리고 있을 바엔 이름을 '잠자는 아욱'이나 '수평 아욱'이라고 바꾸는 게 나을 판이다.✦✦

✦ 나라시 다카바다케초高畑町에 위치한 화엄종 사원이다. 이름(약사 = 야쿠시藥師)처럼 본존으로 약사여래를 모시고 있다.
✦✦ 접시꽃은 아욱과인데 일본어로 아욱은 '葵'(아오이フォイ)다. 그리고 접시꽃은 '立葵'(다치아오이タチフォイ)로 '일어선 아욱'이라는 뜻이다.

2004년 여름

나는 대체 무슨 부귀영화를 누리려고 폭우를 뚫고 한 낱 아욱의 씨를 헐레벌떡 수확했으며, 또 화분을 발견하고는 가슴 설레며 주저 없이 구입했단 말인가?

저주라는 생각이 든다. 시간을 멈춰 세우는 저주를 누군가가 접시꽃 화분에 내린 것이 틀림없다.

내 베란다 한쪽에서는 아직도 저주가 풀리지 않고 있다. 그렇게 화기가 지나 버렸다.

2004년 9월 8일

2004년 가을

백리향

들뜸 토기

백리향 잎이 내게 여름의 끝을 고했다.

옹이로 올록볼록해지고 꼬불꼬불 구부러진 가는 백리향 나무는 화분의 테두리를 넘어 아래쪽으로 드리워 있었고, 무수한 짧은 잎으로 무성했다.

그러나 여름 동안은 새싹이 나지 않았다. 분명 겨울 동안도 그랬던 것 같다.

그러던 것이 약 2주 전부터 볼록한 신록의 싹을 틔우기 시작했고, 순식간에 갓 사 온 새 화분 같아졌다.

즉 기후가 혹독한 시기에는 진녹색 잎의 노병 부대만으로 견뎌 내고, 드디어 공세의 때가 왔다는 판단이 들면 단숨에 새싹을 돌출시키는 것이 백리향인 모양이다.

그래서 나는 가을비 전선ᐟ이 어떻다는 말을 듣기도

ᐟ 9월 중순에서 10월 중순에 걸쳐 일본 남해안에 정체하는 장마 전선.

2004년 가을

전에 여름이 끝나는 걸 감지한 셈이다. 선명한 녹색 싹이 터져 나오는 그날부터 베란다는 가을이다.

백리향은 나무가 늘어진 모양새지만 새싹은 예외 없이 위를 향해 자란다. 모든 싹이 한사코 위로 자라려 하니 전체적으로는 마치 불을 뿜는 것처럼 보이기도 한다. 연둣빛 불덩어리가 활활 타오르는 것만 같다.

봄의 도래를 통보받았을 때도 그랬지만 이 녹색 화염을 보고 있으니 조몬 시대가 떠올랐다.

위를 향해 끊임없이 분출하는 백리향 잎새의 모습이 화염 토기*에 표현된 불길 모양을 빼닮았기 때문이다.

봄 혹은 가을, 즉 혹독한 기후를 견뎌 낸 뒤 식물들은 되살아나 결실을 향해 쏜살처럼 내달린다. 겨울과 여름이라는 위기를 인내한 초목은 태양의 은혜를 얻고자 가뿐히 솟구쳐 오른다.

아무런 수확도 하지 않는 나조차 지금 백리향을 보고 있노라면 안도감이 들뜬 기분으로 이어진다. 조몬인이었다면 더하지 않았을까. 녹색 화염은 위기를 벗어난 식물이 보여 주는 생명의 상징이기 때문이다.

화염 토기는 그 들뜸을 표현한 것이구나, 베란더로서 실감한다. 여차하면 들뜸 토기라고 이름을 바꿔도 별 차

---

* 조몬繩文 시대(BC 131세기~BC 4세기경) 중기를 대표하는 토기로, 화염을 형상화한 모양이 특징이다.

이 없지 않을까.

　적어도 나는 지금 누가 점토를 준다면 망설이지 않고 백리향 모양으로 이 들뜬 마음을 표출할 것이다. 이를 '이토 세이코식 들뜸 토기'라고 이름 붙인들 이견이 있을 리는 만무하겠다. 부디 누가 좀 만들어 주시길.

　백리향은 녹색으로 불타고 있다.

　여하튼 그렇게 가을이 왔다.

2004년 9월 15일

월하미인
하룻밤의 꽃

8년 동안 피지 않았던 공작선인장, 통칭 '월하미인'에 봉오리가 맺힌 건 이번 달 초였다.

경애하는 큰아버지가 고향 나가노의 병원에서 의식 불명이 된 지 딱 열흘째였다. 침울한 기분으로 베란다에 나왔더니 눈앞에 월하미인 봉오리가 나타났다.

이 식물은 이제껏 미역처럼 생긴 잎을 마구잡이로 뻗어 늘이기만 할 뿐이었다. 실내에서 키우던 시절에는 천장에 닿을 만큼 웃자라 거의 괴물 꼴을 하고 있었다.

잎사귀를 정리하고 베란다에 방치하기로 결정한 게 한 5년 전. 그 뒤 나는 월하미인에게 아무런 기대도 하지 않았다.

그러던 월화미인이 갑자기 꽃 준비를 시작했다. 한 장의 잎에서 강아지 꼬리만 한 굵은 관을 쑥 늘어뜨리고는 끄트머리를 부풀리기 시작한 것이다.

큰아버지의 병세를 염려하며 나는 매일 밤 그 봉오리를 바라보았다. 언제 필지 짐작이 가지 않았고 왜 올해 피는지도 모르겠어서 나는 우물쭈물 평소와 같은 양의 물을 주고 봉오리를 건드리지 않으려 했다.

그동안 큰아버지는 의식 불명인 채로 살아 계셨다. 나는 어릴 적부터 큰아버지의 귀염을 듬뿍 받았고 여름 방학 때마다 많은 시간을 함께 보냈다. 취미로 커다란 밭을 일구고 각양각색의 야채를 키우던 큰아버지는 내게 곤충 잡는 방법도 식물 키우는 방법도 가르쳐 주셨다.

생각해 보면 내가 이렇게 베란다 식물을 매일 관찰하며 사는 것도 큰아버지의 영향임에 틀림없다.

봉오리를 발견한 지 일주일 후에 큰아버지가 돌아가셨다. 나는 일 때문에 통야通夜✔에는 가지 못했고 장례식에만 참석했기 때문에 큰아버지의 얼굴을 다시 볼 수 없었다.

월하미인은 큰아버지 통야의 한밤중에 피었다.

문득 창을 열고 베란다로 나갔더니 설마 싶을 정도로 커다란 하얀 꽃이 불룩하게 터져 나와 있었다. 어둠 속에서 떠오른 꽃은 처연하면서도 외로워 보였다.

나는 비틀거리는 걸음으로 주방에 가서 왈칵 넘치도록 술을 따라 와 꽃 아래에 바쳤다.

그것이 나의 통야였다.

날이 밝은 뒤 상복을 갖춰 입고 집을 나서기 전에 베란다로 나갔다. 꽃은 완전히 시들어 있었다.

✔ 사자의 유해를 지키며 하룻밤을 새는 관례.

2004년 가을

하지만 월하미인은 큰일을 해 주었다.

8년 중 단 하룻밤이면 어떤가. 그 한 송이의 월하미인이 내 울적함을 충분히 달래 주었으니 그걸로 족하다.

2004년 9월 22일

용감한 여행

올해는 포도가 맛있다. 너무 맛있어서 먹고 남은 씨를 심었다.

열매가 열릴 리는 없다. 이것이 베란다 원예의 한계다. 그렇다고 맛있는 포도 씨를 함부로 버리자니 어쩐지 씁쓸하다. 그래서 심었다.

싹이 나올 때까지는 햇볕을 쏘이지 않는 편이 좋을 것 같아서 알루미늄 포일을 씌워 베란다에 내놓고 가끔씩 물을 주었다. 그러자 곧바로 날파리가 생겼다.

이놈들은 대체 어디서 나타나는 걸까. 습기가 조금만 과하다 싶으면 어김없이 튀어나온다. 이 조그만 몸뚱이로 맨션 꼭대기까지 날아왔다고 생각하기는 어렵다. 미리 흙 속에 숨어 때를 기다린 걸까. 아무튼 붕붕 날아다니는 게 여간 성가신 것이 아니다.

날파리를 필사적으로 내쫓으며 화분을 실내로 들였다. 날파리가 생기는 이유는 물을 지나치게 줬다는 신호이므로 계엄 태세를 선포하고 눈길이 닿는 곳에 화분을 두기로 했다.

2004년 가을

그런데 다음 날, 오랜만에 일찍 일어난 나는 거실에 둔 화분에서 공벌레 몇 마리가 꼼지락거리는 것을 발견했다.

바란 것은 포도 싹이었건만 정작 화분에서는 벌레만 샘솟았다.

세어 보니 총 다섯 마리인 공벌레는 아침 햇살을 맞으며 각자의 속도로 동쪽을 향해 대이동에 나서고 있었다. 공벌레는 당연히 어둠을 좋아할 거라 생각한 터라 그 기묘한 여정에 감복해 그들과 함께 동쪽에서 내리쬐는 햇빛을 맞으며 잠시 가만히 서 있었다.

한 마리가 꼼짝도 안 하고 있어 가까이 가 보니 위를 보고 드러누운 채 죽어 있었다. 여행 도중에 모종의 이유로 절명한 것이리라. 아무래도 이 공벌레들에게는 목숨을 걸어서라도 동쪽으로 이동해야만 할 절박한 사정이 있었던 모양이다.

살아남은 네 마리는 느릿느릿 기어 마침내 전원이 동쪽 베란다 앞까지 도달했다. 거기서부터는 높이가 있어 이동할 수 없다.

나는 창을 활짝 열고 죽은 녀석을 포함한 다섯 마리 모두를 바깥으로 내던졌다. 여행을 돕고 싶어진 것이다.

다만 어디까지나 인간적인 이기심에서. 나는 그들을 동쪽 베란다로 방생한 게 아니라 그 바깥으로 내던진 것이다. 즉 허공으로.

용감한 여행이 아무리 감동적이라 해도 공벌레 따위
는 알 바 아니다.

2004년 9월 29일

2004년 가을

여주 2
여주의 대진격과 최후

앞서 보고했던 덩굴 식물 표주박과 여주는 지난주에 닥친 태풍 21호의 강풍으로 짧은 생을 마감했다.

사실 표주박은 여름 내내 거의 시든 상태였다. 여주는 갈색 끈처럼 변한 표주박 덩굴을 휘감으며 가열차게 세를 불리고는 노란색 꽃을 피워 내고 있었다.

꽃 한가운데에 애벌레처럼 생긴 미니 여주가 불쑥 불거져 나왔다. 그런데 도통 크질 않고 그대로 누렇게 변색하다가 지고 말았다. 이 일이 매일 반복되었다. 작년엔 그래도 엄지만 하게는 자랐는데 말이다.

그럼에도 나는 매일 사랑스러운 꽃을 피우는 여주를 함부로 다룰 수가 없었다.

힘이 넘치는 덩굴이 올리브나무를 휘감아 경관을 해치고 돈나무를 뒤덮어 이러다 가난해지는 거 아닐까 하는 불안감을 조성하며 베란다 전체를 유령의 집처럼 만들지라도 참아 낼 수 있었다.

그리고 일단 여주 수확을 단념하고 나니 이곳저곳에서 피어나는 꽃을 느긋하게 즐길 수 있었다.

그러는 동안 여주 가까이에 두었던 2년차 부용이 처음으로 꽃을 피우기 시작했다. 부풀어 오른 봉오리는 속이 빈 게 아닐까 싶을 정도로 가뿐해 보였으나 그 안에서 훌륭한 핑크빛 꽃이 피어났다.

　접시꽃만큼 부용을 좋아해서 이 개화가 너무 기쁜 나머지 매일 아침 일어날 때마다 베란다를 바라보았다.

　그러나 상상했던 대로 부용도 표주박 덩굴에 휩싸였다. 자유를 빼앗긴 채 꽃을 피운 게 비할 데 없이 궁색해 보였다.

　그럼에도 참았다. 여주의 노란 꽃과 부용의 핑크색 꽃이 흐드러지게 피었다. 그런 베란다의 왕성함을 어떻게든 적극적으로 평가해 종합적인 미관 쪽은 필사적으로 무시했던 것이다.

　그러다 태풍이 왔다. 맹렬한 바람은 여주의 잎사귀에서 수분을 빼앗아 단숨에 쇠잔하게 만들었다.

　'지금이 아니면 또 언제 기회가 오랴!' 생각한 나는 재빨리 전지 가위를 꺼내 도처에 달라붙은 여주 덩굴을 남김없이 쳐 냈다.

　이걸로 오랜 인고와도 작별이다. 지금 베란다는 무척이나 아름답다.

2004년 10월 6일

수국
'헛수고'의 끝

가을이 되어서야 마침내 수국이 안정을 찾았다.

수국은 내 베란다에서 가장 급수에 예민한 식물이다.

그래서 화기가 지난 후인데도 나는 수국 물 주기에 쫓겨야 했다.

아무튼 이제 수국에 대해서는 안심이다. 매일 아침 빠짐없이 물을 챙겨 주는 성실함과는 거리가 먼 편이라, 문득 생각나 보면 어느새 수국이 시들시들해져 있어 화들짝 놀라 물뿌리개를 들고 베란다로 뛰쳐나가는 패턴이 반복되었다.

장마 때만 피는 수국에 내가 왜 장단을 맞춰야 하는지 자문하면서 여름 내 신경이 곤두서 있었다. 게다가 2년 차인 수국 화분은 이렇다 하게 꽃도 피우지 못했다. 분명 내년에는 꽃이 더 적게 달릴 것이다.

그럼에도 녀석은 내게 잔걱정을 끼치고 품과 시간을 들이게 만든다. '헛수고'라는 세 글자가 물뿌리개를 든 내 머릿속에서 계속 맴도는 것도 당연한 이치다.

아니, 그 정도가 아니라 때로는 분노까지 치민다. 멋

진 꽃을 피울 리도 없는 수국이 내게 물을 보채며 시들시들 잎을 오그라뜨리니 어리광도 이런 어리광이 없다. 그때마다 나는 어쩔 줄 몰라 하며 허둥지둥 물뿌리개를 꺼낸다.

아주 고사시킬 생각은 한 번도 한 적 없다는 것이 신기할 따름이다. 매번 속이 타도 피곤한 몸을 이끌고 녀석을 돌보았다.

불효 자식일수록 귀여워한다는 부모 마음과는 또 다르다. 자신이 하나의 생명을 끊을 수 있다는 것에 대한 공포 혹은 통감, 그것이 항상 답답한 마음을 이겼다.

분갈이도 잘 해 주지 않는 나 같은 게으름뱅이에게조차 생명에 대한 책임감 내지 측은지심 같은 감정이 뿌리 깊이 존재하는 것이다.

그 사실을 알려 준 가녀린 수국이 드디어 안정을 찾았다. 언제 그랬냐는 듯이 쉬이 시들지 않게 되었다.

그러자 오래 이어진 스트레스가 단숨에 날아가 버리고, 환희와 함께 깊은 안도가 찾아왔다.

어떤 꽃이 피든 내년 수국이 무척 기대된다.

2004년 10월 13일

2004년 가을

칼랑코에

세기의 대발명, 600엔

꽃집 앞에서 '머리가 좋아지는 꽃'이라고 적힌 팻말을 발견했다.

머리가 좋아지는 맨손 체조나 보조제라면 예전부터 있었다. 그런 가운데 마침내 화분까지 등장하다니!

흘깃 보니 아무래도 칼랑코에다. 두꺼운 잎은 영락없이 다육 식물의 것이고, 가늘게 뻗은 줄기 끝에는 작은 꽃들이 모여 있었다.

칼랑코에를 키우면 머리가 좋아진다? 글쎄, 나는 금시초문이다. 분명 어릴 적 어머니가 마당에서 커다란 칼랑코에를 키웠는데, 그 후 머리가 좋아진 기미는 없고 오히려 나날이 기억력이 감퇴하고 있는 형편이다.

그렇다면 저건 칼랑코에 따위가 아니라 틀림없는 노벨상감인 신종이렷다. 인류가 도달한 과학의 정점, 역사를 발칵 뒤집어 놓을 만한 품종 개량의 정수가 칼랑코에를 쏙 빼닮은 '머리가 좋아지는 꽃'이라는 말씀.

그런데 팔리는 기색은 없다. 팔다 남은 자그만 화분들을 모아 놓은 골판지 상자 속에 별 볼 일 없는 식물들과 함께 줄지어 세워져 있다.

더군다나 신기한 사실은 이 세기의 대발명이 단돈 600엔이라는 점이다. 세상을 깜짝 놀라게 할 '머리가 좋아지는 꽃'을 만들어 낸 거대 연구소는 벌이에는 전혀 관심이 없나 보다.

곤혹스러움을 느낀 나는 팻말을 돌려 뒷면에 적힌 글에서 상세 정보라도 얻어 보려 했다. 그러나 애석하게도 글씨가 너무 작았다. 노안이 시작된 내 눈으로는 한 글자도 읽을 수 없었다.

나는 곧바로 자리를 떠 백화점 문구 매장으로 발걸음을 옮겼다. 진작부터 돋보기가 필요한 나이라고 생각했는데 지금이야말로 돋보기를 살 때라고 판단한 것이다.

들뜬 마음에 돋보기를 두 개나 산 다음 다시 현장으로 돌아왔다. 그러나 그때는 이미 팻말 뒷면을 확인할 마음을 잃었다. 실제로 그게 어떤 식물이건 간에 살 수밖에 없겠다고 생각한 것이다.

집에 돌아와 커다란 화분에다 분갈이를 해 주고 서재에 두었다. 베란다에 두면 머리가 좋아지는지 알 도리가 없으니 말이다. 마음을 가라앉히고 돋보기를 꺼내 팻말 뒷면을 확대했을 때 내 눈앞에 나타난 것은 칼랑코에라는 네 글자와 관리법뿐이었다.

머리가 좋아지는지는 지금도 수수께끼로 남아 있다.

2004년 10월 20일

2004년 가을

용담
기적적인 관계

이제까지 두 번이나 용담을 샀건만 개화는 한 번도 경험해 보지 못한 채로 끝났다.

보라색 봉오리를 빼곡하게 내민 용담 화분은 더없이 매혹적이다. 더군다나 봉오리 양에 비하면 당황스러울 정도로 작은 화분에 파는데 흡사 '사는 게 남는 거'라고 외치는 듯하다. 짠돌이 근성을 자극한다.

그런데 접이식 우산처럼 말린 봉오리가 아무리 지나도 열리지 않았다.

첫 번째 화분은 사 오자마자 바로 큰 화분에 옮겨 심었는데 꽃은 고사하고 잎도 제대로 자라지 않았다.

그럼에도 포기하지 않고 이듬해 가을 또다시 용담을 사는 미련을 떨었으나 이번에는 분갈이를 삼갔다.

그러나 결과는 마찬가지였다. 조금 벌어지는 기미가 있다가 곧 동작을 멈췄다.

마침내 정신분석학에서 말하는 '부인'denial이 내 마음을 지배하기 시작했다. 진실을 알면서도 굳이 틀린 쪽을 계속 믿으려 하는 현상이다. 나는 용담 꽃이란 원래 피지 않는 것이며 봉오리처럼 보이는 저 모습이 꽃이라고 진지하게 믿기에 이르렀다.

베란더로서의 자긍심에 상처를 입기 싫어 나는 그 외곬을 꺾지 않고 여러 해를 보냈다. 뒤늦게 고백하지만 도감을 볼 때도 용담 항목은 무의식중에 건너뛰었다.

그리고 두 번 다시는 용담을 사지 말라고 마음 깊이 나 자신에게 금지령을 내렸다.

그럼에도 역시 꽃집에 진열된 모습을 보면 사고 싶어진다. 올해 우연찮게 하얀 용담을 발견하고는 스스로에게 '이건 예전에 산 보라색들과는 달라!'라고 변명하며 기어코 사 버렸다.

크림색을 띤 연둣빛 봉오리. 이것이 꽃이라고 억지를 부려 온 탓에 안에 웅크리고 있을 하얀 꽃은 전혀 기대하지 않았다.

그러나 이 세 번째에 대답을 얻게 되었다. 새하얀 꽃이 낮 동안에 피어난 것이다.

나는 이번 개화를 계기로 도감을 펼쳐 볼 수 있게 되었고, 비가 오거나 흐린 날에 용담이 잘 시든다는 사실을 처음 알았다. 그러자 새로운 '부인'이 마음을 지배하기 시작했다.

과거 용담으로 근심한 헤아릴 수 없는 나날이 모두 우연히도 흐리거나 비가 내리는 날이어서 꽃이 피지 않았던 것이라고.

2004년 가을

확률적으로 불가능한 일이다. 하지만 확률적으로 불가능한 일이 용담과 나 사이에 일어난 것이라고 나는 믿는다.

즉 용담은 내게 기적의 꽃이란 말씀!

2004년 10월 27일

편지 감사합니다!

베란더 생활을 미주알고주알 쓰다 보면 독자 여러분에게서 편지도 받는다. 남녀노소 각양각색의 사람이 저마다 식물에 보이는 사랑을 알 수 있다.

특히 놀라웠던 건 접시꽃에 관한 편지가 압도적으로 많다는 것이다. 접시꽃을 향한 숱한 애정 고백을 열심히 읽다 보니, 사실 일상적으로는 접시꽃에게 이처럼 애정을 고백할 기회가 드물다는 생각이 들었다.

아무래도 길가에서 야생으로 자라는 꽃이라 스쳐 가는 타인들을 붙잡아 그에 대한 애정을 줄줄 읊어 대는 것은 무리다. 직접 키울 일이 없고 키우더라도 분재처럼 손 타지도 않는 야생형이라 자랑의 대상이 되기는 솔직히 어렵다.

그런데 숨어 있던 접시꽃 애호가들이 들고일어난 것이다. 내게 "나도 접시꽃이 좋아!"라고 부르짖음으로써 그간의 울분을 떨친 듯하다. '접시꽃당'이라도 결성한다면 국회에 비례 대표 한 명쯤은 보낼 수 있을 법한 기세랄까. 다만 국정에는 도움이 안 될 것이다. "나는 접시꽃

2004년 가을

이 좋습니다" 외의 무언가를 기대할 수는 없을 테니.

그건 그렇고, "첫해에는 키가 자라지 않는 법이니 마음 놓으세요"라며 보내 주신 상냥한 위로에 진심으로 감사를 드리고 싶다.

어디 보자, 앞서 소개한 '머리가 좋아지는' 칼랑코에에 관한 편지도 있다. 자료 사본을 동봉해 "칼랑코에는 튼튼하고 건조한 기후에 강해 실내에서도 키우기 쉽고, 공부 중 짬짬이 꽃을 바라보며 스트레스를 해소할 수 있어 '머리가 좋아지는 식물'이라고 부르곤 한다"고 알려 주셨다. S 님, 귀중한 정보 감사합니다.

나는 틀림없이 꽃향기가 뇌를 활성화하는 것일 줄 알았는데 "꽃을 바라보며 스트레스를 해소할 수 있다"라니. 그러면 모든 베란더 머리가 좋아졌어야 하며, 또 칼랑코에에 한정할 필요도 없다.

무엇보다 "공부 중"이라는 말이 웃긴다. 공부를 해야 머리가 좋아지지 멍하니 꽃이나 쳐다보고 있으면 무슨 일이 되겠나.

더군다나 우리 집에 있는 '머리가 좋아지는 식물'은 진즉에 완전히 시들었다.

2004년 11월 10일

구즈마니아
화포는 난감해

　좋아하는 식물 얘기만 하면 뭔가 잘 아는 사람처럼 보일 것 같으니, 이번에는 꺼리는 식물에 대해 써 보겠다.

　난 아무리 해도 화포花苞ᵏ가 있는 식물에는 적응이 안 된다. 거기에 화포가 흡사 꽃처럼 보이는 식물이라면 더 말할 것도 없다.

　예를 들면 물파초나 부겐빌레아, 칼라, 안투리움……

　아니, 이는 부정확한 말이다. 나는 "화포가 꽃처럼 보이는" 식물이 싫은 게 아니라, 꽃이라 여겨 넋을 잃고 즐겼는데 "꽃으로 보이는 이 부분은 사실 화포랍니다" 같은 식으로 도감에 적혀 있는 설명이 싫은 것이다.

　속았다! 라고 생각한 그 순간 식물학 지식의 부재를 공공연히 폭로당한 것만 같은 수치심이 나를 덮친다.

　생각해 보면 화포는 벌레를 속이려 꽃처럼 위장하는 것이다. 그런 곤충 따위에 대비한 위장술에 인간이신 내

ᵏ 꽃떡잎이라고도 하며, 꽃대나 꽃자루 밑을 받치는 비늘 모양 잎을 가리킨다.

2004년 가을

가 속아 넘어갔다는 사실이 아찔하다. 나는 벌레 내지 벌레 이하의 얼간이에 지나지 않는다.

이 해소할 길 없는 자책의 심정을 도감을 향한 증오로 변형시킴으로써 잊을 수 있다. 화포는 개뿔. 잎이 변한 거라고? 자식들이 꽃으로 보이고 싶다잖아. 누가 뭐래도 나는 영원히 꽃으로 볼 테다!

이런 연유로 속아 넘어갈 것 같은 예감이 드는 식물에는 좀처럼 손을 대지 않을…… 셈이었지만, 그만 지난달에 사 버리고야 말았다.

먼저 꽃처럼 보이는 부분이 화포임이 명명백백하니 낙담할 여지가 없다고 생각했고, 나아가 그 식물의 이름이 굉장히 마음에 들었기 때문이다.

'구즈마니아'라니 정말 환상적인 이름이다. 자신이 굼벵이[*]고 굼뜸을 광적으로 추구한다는 걸까? 혹은 굼뜬 사람을 편애한다는 걸까?

어느 것이더라도 나는 이 식물에게라면 속아도 괜찮겠다고 생각했다. 파인애플과다 보니 날카로운 검처럼 생긴 잎을 뻗고 있다. 그 잎의 중앙에 옅은 붉은색 꽃(물론 사실은 화포)이 몇 겹으로 포개어진 모습이 조화처럼 생겼다. 거의 자라지도 않는다. 이름부터 굼벵이니까.

---

[*] 일본어 구즈グズ는 행동이나 결단이 굼뜨고 꾸물거리는 사람을 가리킨다.

실내에 두고 눈길을 줄 때마다 나는 마음속으로 '구즈마니아'를 새긴다. 유머러스한 울림에 벙글거린다.

내 화포 혐오를 이 화분이 고쳐 줄 거란 예감이 든다.

2004년 11월 17일

베란더 노상파에게 사랑을 담아

지금 내 베란다에는 꽃이 없다.

그러나 길가에는 꽃이 색색으로 피어 있다.

길가라 해도 잡초나 녹화 운동으로 심은 식물 따위가 아니다.

집 앞 도로를 거의 불법 점거하다시피 하며 바닥 얕은 나무 상자나 화분을 놓아 두거나 나무가 심겨 있는 부분에 좋아하는 식물을 심는 동지 여러분이 꽃으로 거리에 색채를 더하고 있기 때문이다.

나는 예전부터 이 불법 점거 그룹 또한 베란더라고 불러 왔다. 정확히 말하면 베란더 노상파路上派. 거리street 쪽 사람들이다.

정원은 말할 것도 없고 마당도 없다. 그리고 틈만 나면 길에 식물을 가져다 놓고 싶어 안달이다. 같은 충동을 가진 사람들끼리만 이해할 수 있는 공통의 사랑 혹은 집착이다.

얼마 전 밤에 있었던 일인데, 녹화 사업으로 일률적으로 심긴 키 작은 상록수들 틈바구니에서 쑥쑥 덩굴이 뻗어 나와 있었고 그 끝에는 흠잡을 데 없는 박꽃이 피어 있었다.

새하얗고 커다란 꽃. 저 특색 없는 상록수가 피운 꽃인 것만 같은 착각이 일 만큼, 박은 당당히 불법 점거를 완수하고는 따분하기 짝이 없는 녹화 운동에 생명력을 불어넣고 있었던 것이다.

노상파는 대개 게릴라들이다. 평화로운 게릴라. 흙이 있으면 어느새 씨를 뿌리고 묘목을 심고 있다. 혹은 조금도 주눅 든 기색 하나 없이 빼곡하게 화분을 가져다 놓는다.

그 덕에 나는 내 베란다에 꽃이 없을 때도 이들 노상파 동지의 과감한 활동을 통해 계절의 변화를 금세 알아차릴 수 있다.

학교 펜스 바깥쪽, 면적 30평방센티미터도 안 되는 공간에서 자라나 꽤나 오랫동안 흐드러졌던 부용도 지금은 시들어 있다. 차가 지나기 힘들 정도로 학교 현관 앞에 빼곡하게 늘어섰던 화분 행렬에서는 여러 종류의 국화가 때가 왔음을 알린다.

작은 코스모스가 피고 피라칸타가 붉은 열매를 잔뜩 맺었으며 내 베란다에서는 꽃을 피우지 않은 다투라가 여러 번째 화기를 맞이했으니 베란더 노상파의 노력이 보상을 받은 모양이다.

이 동지들을 바라보고 있으면 살풍경한 주택가가 실

은 꽃의 무리로 충만해 있음을 알아챌 수 있다.

나 외에 다른 누군가가 오늘도 물을 주고 꽃대를 자른다. 얼마나 듬직한가.

2004년 11월 24일

2004년 겨울

산다화

일진일퇴는 계속된다

올해 기온이 다소 높긴 하지만, 가을은 이미 깊을 만큼 깊었고 겨울이 바로 앞에 당도했음을 느낀다.

당연히 나는 겨울에 대비해 지난달 초부터 부지런히 만반의 준비를 갖췄다. 우선 산다화 화분을 찾아 망설임 없이 사들였다.

생명이 멈춰 버린 듯한 겨울. 베란다는 '견뎌 낸다'는 말이 어울리는 정적 가득한 상황을 맞이한다. 꽃이 있으면 좋으련만.

그래서 나는 산다화에 매달렸다. 겨울이 찾아옴과 동시에 꽃을 피워 베란다에 두고 싶었던 것이다.

반음지도 괜찮을 거라 생각했다. 그도 그럴 것이 「산다화가 사는 곳」さぎんかの宿이라는 노래도 있지 않나.✔ 가사는 거의 기억나지 않지만 얼마간의 어둠은 견딜 수 있으리라 멋대로 넘겨짚었다. 내가 그 엔카에 가진 이미

✔ 1982년 엔카 가수 오가와 에이사쿠大川栄策가 발표한 애절한 가사의 악곡을 가리킨다.

2004년 겨울

지가 그랬다는 것이다.

게다가 막 사 온 화분은 이동 탓에 지쳐 있었다. 서두에도 말했듯 올해는 기온이 높다. 햇빛을 너무 많이 받으면 당연히 위험하다.

그래서 산다화를 북쪽 베란다에 두었다. 그리고 지난달 말에 가느다란 가지 끝부분에 봉오리가 맺혔다.

자, 여기서부터가 전전긍긍의 연속이다. 봉오리는 좀체 부풀어 오르지 않는다. 잎이 몇 장 떨어진다. 당황해서 도감을 보니 "양달 혹은 반나절 응달"이란다. 햇빛을 싫어하는 식물이 아니었던 것이다. '산다화가 사는 곳'에는 눈부시게 햇빛이 내리쬐고 있었던 모양이다. 그렇게 밝은 노래였던가?

아무튼 절박해지니 화분 위치를 바꿀 타이밍을 정하기가 까다로웠다. 일단 봉오리는 맺었다. 산다화는 자신이 놓인 조건에서 최선을 다했기에 사태를 급변시키면 곧장 시들어 버릴 것이다.

매일 산다화 상태를 확인했다. 때로 잎이 줄어들었고 그때마다 동쪽으로 옮기고픈 마음을 눌러 앉히느라 애썼다. 그러다 봉오리 밑으로도 꽃눈을 틔우기 시작한 것을 발견했다.

일진일퇴였다. 화분은 1밀리미터도 움직이지 않은 채로 벌어진 일진일퇴. 물 주기에 주의하면서 봉오리가 죽지 않았는지 손끝으로 확인하는 매일이었다.

처음 둔 자리가 그 화분에게 절대적인 거처가 된다는 의미에서는 베란다도 정원과 다를 바 없다. 화분은 베란다의 콘크리트에 뿌리를 내리고 있다 해도 과언이 아니다. 절대 뽑을 수 없다.

　산다화를 둘러싼 일진일퇴는 오늘도 계속된다.

2004년 12월 1일

2004년 겨울

석남화

스승의 가르침

앞바퀴 바람이 빠진 자전거로 집에서 조금 떨어진 슈퍼마켓까지 외출을 했다. 일전에 서향을 헐값에 샀던 그 특별한 가게로 말이다.

타이어에 공기를 채워 뒀어야 하는데…… 페달이 무거워 2분 정도 타는데도 허벅지가 당겼다. 운동 부족을 해소한다는 마음으로 필사적으로 페달을 밟았다.

딱히 목적은 없었다. 괜찮은 화분이 혹시 있을까 하는 가벼운 마음이었다. 그러나 실외 매장에 도착하자 집중력이 단번에 상승했다.

작은 석남화 화분값이 괜찮았다. 망설임 없이 집어 들고 선반 반대쪽으로 돌아갔다. 그랬더니 맞은편에서 목소리가 들려왔다. 방금 전 내가 있던 자리다.

"석남화네. 나도 하나 살까."

화분들 틈새로 엿보니 아담한 체구의 할머니다. 어딘가 께름해서 무시했는데 어느새 내 쪽으로 다가왔다.

묻지도 않았건만 "내가 말이죠, 주차장에 화분을 100개도 넘게 둬서 남편한테 한 소리 들었지 뭐예요"라며 이야기를 시작했다.

그러시냐고 적당히 맞장구치자 할머니는 내 석남화 꼭지를 흘깃 보곤 "이거 봉오리가 썩었네. 이럼 안 피어요"라고 말했다.

그 말에 적잖이 당황한 나는 하나둘 다른 석남화를 꺼내 들어 할머니에게 보이고 승낙을 받았다.

할머니가 고른 석남화의 꼭지에는 봉오리가 단단히 달려 있었고 줄기 밑동도 튼실했다. "이래야지." 의기양양하게 할머니가 말했다.

이미 할머니는 내게 스승이나 마찬가지였다. 문득 오른쪽을 보니 1미터쯤 돼 보이는 산다화가 서 있었다. 봉오리도 많이 맺혔고 그중 일부는 금방이라도 꽃망울을 터뜨리려는 듯했다.

사실 지난주 연재에서 소개한 산다화는 이미 죽은 거나 마찬가지 상태가 되어서, 새 산다화를 들여와야겠다고 마음을 굳힌 상태였다.

하지만 스승님이 저지했다. 2,000엔은 비싸다며 이렇게 덧붙이셨다.

"한 번에 사면 안 되지. 하나씩 하나씩 사는 거야."

하늘의 계시였다. 하나를 사서 아낌없이 보살핀다. 그것이야말로 원예의 기본 자세 아닌가. 나 자신이 부끄러워졌다.

그런 다음 이어진 스승님의 말씀은 지극히 현실적이

었다.

"여럿이면 돌보기 힘들잖아."

2004년 12월 8일

산다화 2
가르침을 등진 벌

지난 회에 소개한 대형 산다화 화분을 도무지 잊을 수 없었다. 나는 스승님의 가르침을 등지고 바로 다음 날, 바람 빠진 자전거 앞바퀴는 아랑곳하지 않고 마트로 향했다.

언급해 두자면 내 자전거는 하이테크 전기 자전거다. 그런데도 전원을 켜지 않고 근력 강화에 힘쓰고 있는 것이다.

페달을 꾹꾹 밟아 가며 목적지에 도착한 나는 가게 내부를 거침없이 가로질러 실외 화분 판매장으로 발길을 옮겼다.

그 순간이었다. 두 개 있던 산다화 화분 중 하나는 이미 팔렸고 남은 하나를 한 중년 여성이 들고 있었던 것이다!

잠시 숨을 삼켰다. 그러나 다행히도 여성은 구입을 망설이고 있는 듯 보였고, 들고 있던 화분을 매장 한 켠으로 옮겨 요리조리 뜯어보기 시작했다.

나는 곧장 기척을 감췄다. 그리고 다른 화분에 관심이

있는 척 그 중년 여성 뒤에 섰다. 산다화에 집착한다는 낌새를 읽혔다가는 모든 게 수포로 돌아갈 것이다.

그런 낌새는 쉽게 감지되기 마련이다. 그러면 상대는 양보하기 싫어서 바로 구입을 결정하게 된다.

여성은 오랫동안 망설였다. 가지를 만져 보고 밑동을 살폈다. 나는 전날 스승님과 긴 대화를 나누었던 장소로 옮겨 가 숨을 죽이고 있었다. 기적이 일어나지 않을까 기대하는 마음으로. 매일 밤 드래곤퀘스트[*]를 한 탓이리라. 게임이라면 이렇게 공략할 수도 있겠지.

그러나 이곳은 현실 세계였다. 마침내 여성은 마음을 굳히고는 화분을 챙겨 카운터로 향했다. 그래도 나는 멀찍이서 그를 계속 지켜보았다. 마지막의 마지막에 그만둘 수도 있으니까.

기다림이 덧없게도 그는 지갑을 열었다. 아무리 기적을 바라도 이제는 포기할 수밖에 없었고 느릿느릿 계산대 옆을 지나치며 산다화가 비닐 봉지에 담기는 모습을 두 눈으로 확인했다.

정확히 오후 두 시 사십 분이었다. 헛된 원정이었다.

그건 그렇다 치고 참 놀라운 우연이었다. 하필이면 그 중년 여성이 화분을 집어 드는 순간을 목격하게 되다니. 웃음을 터트릴 스승님의 얼굴이 떠올랐다. "그러니까

---

[*] 1986년부터 이어진 일본의 롤플레잉 비디오 게임 시리즈.

사지 말랬잖아"라는 말이 들리는 것만 같았다.

　그래도 1분, 아니 30초만 빨랐다면…… 그런 부질없는 생각을 하며 자전거 자물쇠를 끌렀다.

　돌아가는 길에는 전원을 켰다.

2004년 12월 15일

2004년 겨울

히야신스

'새해 건망증'의 극복

새해 복 많이 받으십시오.

그러면 다시 이야기를 시작해 보자. 요 몇 년간 신정이 돌아올 때마다 내 새해 첫 건망증의 대상은 히야신스였다.

어느 해는 구근을 싸 둔 채로 바깥에 내놓은 걸 까먹었고, 또 어느 해에는 물을 가득 채운 전용 용기에 담아 냉장고에 넣어 놓고는 깜빡했다.

특히 후자의 손실이 컸다. 알다시피 히야신스를 냉장고에 보관하는 건 바깥에 냈을 때와의 온도차로 녀석을 속여 정월에 맞춰 꽃을 피우게 하는 수단이기 때문이다.

즉 내가 사는 아사쿠사가 새해 첫 신사 참배객으로 북적이는 사흘간, 목적을 잊고 히야신스를 계속 식혀 두는 건 실로 어리석은 행위며 나는 이를 뒤늦게 알아차렸다.

허둥지둥 냉장고에서 꺼내 칠초죽七草粥✔을 먹인들 꽃

✔ 일본에는 병 없이 한 해를 건강히 보내기를 기원하며 음력 1월 7일에 대표적 봄나물인 미나리, 냉이, 떡쑥, 별꽃, 광대나물, 순무, 무를 넣어 끓인 죽을 먹는 풍속이 있다.

은 피지 않는다. 그렇다면 도대체 무엇을 위해 히야신스
는 두부와 돼지고기 옆에서 인고의 시간을 보냈던 걸까.
혹은 반대로 연말연시용 식재료를 넣기에도 부족한 공
간을 어째서 히야신스에게 내주었던 것인가. 나는 스스
로를 원망하지 않을 수 없었다.

  그러나 올해는 일이 잘 풀린다. 작년 말 하고이타이치
羽子板市ꜝ로 와자지껄한 센소지淺草寺 경내에 화분 가게
가 생긴 것을 놓치지 않았고, 게다가 하나에 히야신스
세 그루가 심긴 화분을 재빨리 포착했다. 이미 꽃술도
달려 있었다. 빨강과 보라 두 종류가 있다는 말에 잠시
망설였으나, 올 새해 건망증으로 입은 손실을 만회할 수
있다는 기쁨에 결국은 둘 다 사들였고, 한편으로는 흥정
도 잊지 않고 100엔을 깎기까지 했다. 참으로 뿌듯한 일
화다.

  붉은 꽃이 핀다는 녀석을 부엌 조리대에 두고, 보라색
녀석은 동쪽 베란다에 배치했다. 실내와 실외에서 화기
가 어떻게 다른지를 실험해 꽃을 즐길 수 있는 기간을
더 늘려 보려는 작전이었다.

  올해는 운이 따른다. 실내의 히야신스는 벌써 납세공

ꜝ '하고이타'羽子板라는 이름의 나무판으로 깃털 달린 공을 주고
  받으며 노는 연말 전통 놀이로 해충, 병마, 악귀를 쫓는 의미를
  가진다. 연말에는 아사쿠사를 대표하는 사찰인 센소지에 하고
  이타를 파는 노점들이 들어선다.

으로 만든 듯한 작은 꽃을 빈틈없이 붉게 피웠고 곧이어 보라색이 개화의 질주를 시작할 것이다. 나는 내 베란더 경력의 산물인 새해 건망증을 극복하고 능숙하게 두 종류 히아신스를 피우는 데 성공한 것이다!

그건 그렇고 명자나무 상태가 이상하다. 작년 겨울 끝자락에 꽃을 피웠던 명자나무가 깜박한 사이에 시들어 죽은 모양이다.

식물 돌보기를 까먹는 게 새로운 새해 건망증이 될 낌새가 다분한 2005년 신춘이다.

2005년 1월 5일

브로콜리
세계의 고통과 브로콜리

위통이 잦아들지 않아 병원에 가야 했다. 아무래도 염증 같았다.

원래 위가 튼튼하고 폭음이나 폭식도 하지 않으니, 짚이는 건 수마트라 앞바다 지진✦이었다. 일본, 특히 텔레비전 뉴스는 연말연시 태세에 돌입한 탓에 쓰나미 발생 후의 참상을 제대로 전하지 않았다.

별 수 없이 주구장창 CNN이나 BBC만 봤다. 시체가 늘어선 광경이 비추어졌고 더 이상 움직이지 않는 어린아이를 부모가 부둥켜안고서 달리고 있었다. 이 영상들을 보고 있으면 모두 어떻게 선정주의와 선을 그을지 깊이 고민하고 있다는 걸 느낄 수 있었다. 카메라맨, 연출, PD 제각각 고뇌하고 결단해 하나의 영상을 만들었을 것이다. 한편 일본의 보도는 아무것도 보여 주지 않거나 모자이크로 뒤덮는 게 보통이다.

✦ 인도네시아 수마트라는 지진 다발 지역으로 유명하다. 2004년 12월 26일에 발발한 지진과 이에 동반된 쓰나미가 수십만에 달하는 사상자를 냈다.

2004년 겨울

끔찍한 영상은 인터넷으로 보면 될 일이라는 의견도 있다. 그러나 그러한 정보의 이중화는 '직접 본 사람의 특권 의식'을 야기한다. 결코 용서받을 수 없는 여아 유괴 살인 사건[*]에서도 용의자는 휴대전화에 영상을 넣고 다니며 특권 의식에 빠져 있었다.

미국의 조지 부시 전 대통령 부자와 클린턴 전 대통령은 벌써 3일에 거쳐 미국 전토에 기부를 호소했다. 일본은 전혀 갈피를 잡지 못했고 총리는 모습을 드러내지 않았다.

대체 어떻게 된 걸까. 온갖 일이 위를 아프게 한다. 나는 매일 무언가를 견디는 기분으로 살아간다.

그렇게 견디는 와중에 마음을 기댈 곳이 베란다의 브로콜리라는 게 신기하다. 작년 말에 별 뜻 없이 모종을 사 와서 응달의 플랜터에 심어 두었던 녀석이다.

기대 없이 키우던 브로콜리는 서서히 잿빛이 도는 두터운 초록색 잎을 무성히 틔웠고 가운데에 작은 봉오리가 맺혔다.

당연히 브로콜리는 침묵을 지키며 오직 생존만을 염

---

[*] 2004년 11월 일본 나라시에서 발생한 사건. 신문 배달원이었던 고바야시 가오루小林薫가 초등학교 1학년 여아를 유괴·살해한 사건을 가리키며, 1988~1989년에 걸쳐 네 명의 여아를 유괴·살해했던 미야자키 쓰토무宮崎勤 사건을 연상케 해 일본 사회를 충격에 몰아넣었다.

두에 두고서 묵묵히 자라고 있다.

그 모습을 지켜보노라면 순간 고통스러운 세계에서 해방된 듯한 기분이 든다. 그리고 우선 후원부터 해야겠다고 스스로를 일으켜 세운다.

재해도 나도 브로콜리도 같은 세계 안에 있다. 지금 브로콜리는 한천寒天 아래 자신이 할 수 있는 일에 온 힘을 다하고 있다.

그 고요한 생명이 아주 약간이나마 나를 진정시킨다.

2005년 1월 12일

2004년 겨울

1월에 피는 남자

이시가키섬에 종벚나무ↄ가 피었다는 뉴스를 보자마자 곧장 베란다로 튀어나가길 잘했다. 사 두었던 매화 한 송이가 마침 벌어져 있었다.

접목으로 홍백색 꽃이 피도록 육종한 매화 화분도 이시가키섬에 벚꽃이 피게 한 변화에 자극을 받은 것이다.

원예가라는 인종에 속하지 않는 사람들은 흔히 겨울, 특히 1월을 식물 불모의 계절로 여긴다. 그러나 사실 식물들은 동지를 경계로 여기저기서 꽃피울 준비를 한다. 인간은 북풍 때문에 머리까지 옷깃에 파묻고 다니지만 식물은 가녀린 줄기를 수액으로 가득 채우고선 운동을 시작한다.

이러한 기분과 현실의 격차가 베란다 원예가를 고뇌에 빠뜨린다. 경고하건대 우리는 이 시기에 어김없이 화분을 과도하게 사들인다.

ↄ 이시가키섬은 오키나와 최남단에 위치한 섬으로 따뜻한 기후 덕에 겨울부터 벚꽃이 핀다. 이 벚꽃의 나무가 종벚나무며 '히칸자쿠라', '오키나와벚나무', '대만벚나무' 등으로도 불린다.

기분은 위기 의식을 고조시켜 뭐라도 좋으니 꽃만 피어 있으면 사고 싶게 만든다. 그러나 현실은 이와 달리 아주 한창때다. 더군다나 꽃을 파는 쪽도 원예가의 착각을 알아채고서 해마다 겨울 식물을 충실히 준비한다.

나는 이미 일반 마트에서 370엔짜리 폭탄 세일 명자나무를 발견해 지갑을 열었고, 이어 식물 코너가 있는 마트까지 걸어 원정을 가 꽃이 노란 바람꽃과 삼색버드나무를 손에 넣었다. 자전거를 타지 않은 이유는 연초부터 자율적으로 만보기 착용을 의무화했기 때문이다. 요즘 내 모토는 '멀어도 좋다, 걸음 수만 채운다면'이다.

그 덕에 동네 구석구석을 돌아다니다 보니 꽃집 점포 앞에 라넌큘러스가 피었고 앵초, 크로커스, 복숭아, 동백이 개화 중인 것도 알게 되었다. 매일 추위에 몸이 에는 인간이라는 동물은 겨울이 깊어 가는 것을 본능적으로 두려워하기에, 지금 저 화분을 사 두지 않으면 다시는 꽃들과 만날 수 없을지도 모른다는 불안에 빠져든다.

그리고 봄, 우리는 늘어난 화분의 총면적에 소스라치게 된다. 베란다의 3분의 1이 겨울에 피는 화분이라는 난처하기 짝이 없는 상황에 맞닥뜨리는 것이다.

그렇지만 올해부터는 더 이상 후회하지 말자고, 그렇게 다짐했다.

1월에 피는 꽃에 이토록 기쁘니 나 역시 1월에 피는 남자라 할 수 있겠다. 밸런스가 뭐고 사계절은 또 뭐냐.

2004년 겨울

마음껏 1월에 피는 화분을 모으면 될 일 아닌가. 산다.
나는 사련다.

2005년 1월 19일

나는 하나사카 할아버지가 아니다

1월에 피는 화분을 늘려 나가다 보니 인정하지 않을 수 없는 사실이 나를 덮쳐 왔다.

시들어 가는 걸 속수무책으로 지켜보고만 있던 수많은 화분과 마침내 이별을 고할 시점이 온 것이다. 베란다 면적 탓에 그렇게 하지 않으면 새로운 화분을 놓을 수가 없다.

봄이 오면 부활하겠거니 근거 없는 믿음을 품어 온 나날. 물론 이성은 분명히 알고 있었다. 확인하는 것이 두려웠을 뿐. 침묵을 지키는 화분은 이미 생명 활동을 종료한 것이다.

호랑가시나무는 잎을 잃고 가시가 갈변해 굳은 지 오래고, 모란은 말라서 거무스름해진 데다 심지어 싹을 틔운 곳은 한 군데도 없다. 브로콜리와 함께 플랜터에 심었던 차조기는 새까맣게 변색되어 아예 괴멸 상태다.

여기에 더해 시든 화분 몇 개가 더 베란다에 늘어서 있는데 부끄럽게도 그것들이 원래 뭐였는지 기억도 안 난다.

2004년 겨울

그럼에도 지금까지는 조금씩 물을 줘 왔다. 뿌리만 살아 있다면 반드시 숨을 되찾으리라 믿으며 반년 넘게 돌봤다. 물로 흙을 적시는 행위만을 무턱대고 반복해 온 것이다. 어리석게도.

시든 나무에 꽃을 피웁시다, 라고 하나사카 할아버지는 말한다. 옛사람들은 그런 민담을 한없이 절실하게 받아들였을 것이다. 작물과 인간이 밀접했던 시대였으니 죽은 식물을 소생시키는 하나사카 할아버지의 마술이야말로 동경의 대상이었으리라.✍

사실 현대의 베란더인 나도 동경한다. 뿐만 아니라 내가 바로 하나사카 할아버지일지도 모른다는 희망을 버리지 못하고 죽은 식물에게 계속 물을 줘 왔다.

따라서 1월에 필 화분을 위해 다른 식물의 죽음을 받아들일 수밖에 없게 된 건 내게 커다란 좌절 체험이었다. 내가 마법을 부릴 수는 없다는 사실을 똑똑히 인식하고, 한낱 인간으로서 거듭해 온 노동이 모두 헛되었음을 알게 되었으므로.

횅해진 베란다에 쭈그리고 앉아, 내 무능 때문에 죽어

✍ 하나사카 할아버지는 일본 민담 속 등장 인물로, 아내와 함께 다친 개를 돕고 그 보은을 받는다. 시기심에 찬 이웃 노부부가 개를 죽이는 등 악행을 반복하지만 이야기 끝에 할아버지는 개가 남긴 재를 말라 죽은 벚나무에 뿌려 꽃을 피우고 다이묘에게 상을 받게 된다.

버린 식물들 잔해를 쓰레기 봉투에 욱여넣는다.

　가장자리에 늘어선 1월 꽃들이 없다면 그 실의를 견디지 못할 것이다. 아니, 실의에 맞서기 위해 그동안 새로운 생명을 사들여 온 것인지도 모른다.

2005년 1월 26일

2004년 겨울

모과 2
어색한 재회

낙엽이 적잖이 쌓여서 빗자루와 쓰레받기를 꺼내 베란다 구석구석을 청소하고 있었다.

그때, 데구루루. 쓰레받기 끝에 무거운 것이 올라탔다. 순간 작은 새의 시체인가 싶었다. 그런데 새치고는 너무 무겁다. 양팔에 닭살이 돋았다. 정체불명의 무언가를 주운 것이다.

만용을 부려서, 아니 실은 정체불명의 물체를 계속 들고 있기가 싫어서 나는 재빨리 쓰레받기 안쪽으로 시선을 향했다. 놀랍게도 모과 한 알이 거기 있었다.

앞에서도 언급했지만 모과 열매는 오랫동안 초록빛을 띤 채 가는 나무에 대롱대롱 매달려 있었다. 그게 갑자기 행방불명된 것이 작년 가을이다.

주위를 둘러봐도 떨어진 흔적이 없으니 까마귀가 물어 가기라도 한 것 아닐까 짐작만 하고 있었다.

솔직히 그렇게 지레짐작하니 성가신 일에서 해방된 기분이었다. 왜냐하면 모과 열매가 도무지 변화의 조짐을 보이지 않았기 때문이다.

내 과실을 매일같이 책망하는 듯해 아무래도 심기가 불편했기에, 열매가 당돌히 사라진 사실을 은근히 반겼던 것이다. 까마귀에게 감사하기까지 했다.

그랬던 모과가 수개월이 지난 지금 마침내 발견된 것이다. 열매는 까마귀에게 쪼아 먹힌 것이 아니고 화분 뒤편에 가만히 숨어 있었을 뿐이다.

나를 비웃기라도 하듯 열매는 여전히 푸릇푸릇했다. 썩지도 익지도 않고 변함없이 생기 가득한 초록빛으로 묵직하게 물든 채였다. 아무 변화도 없었다.

비를 맞기도 했을 것이다. 떨어졌을 때의 충격으로 상처가 난 부분부터 변색되었어도 이상할 게 없었다. 그러나 그 모과 열매는 한결같은 건강함을 유지하고 있었다. 여전히 푸르름을 간직한 채 "또 만났네요"라며 산뜻한 웃음기를 머금고 내 앞에 다시 나타난 것이다.

버릴 수가 없었다. 처음에는 소멸을 기뻐했기에 이번에는 반대로 그 죄의식이 모과 열매를 쓰레기 봉투에 넣는 것을 막았다.

지금은 베란다 특등석에 놓여 있다. 아무쪼록 자연히 썩어 주시면 안 되겠냐고 기도라도 하고 싶은 심정이다.

2005년 2월 2일

원예파 자기류 베란다여도 OK

이 에세이의 제목은 『자기류 원예 베란다파』다.[*] 더 정확히 말하면 『이토 세이코의 자기류 원예 베란다파』다. 그런데 독자들의 편지를 받아 보면 수신자명에 제목을 제대로 적은 것이 드물다.

모든 책임은 내게 있다. 기억하기 쉬워 보여도 사실은 약간 성가신 제목이다. 익히 아는 단어들만 나열했지만 순서가 헷갈린다.

가장 많은 게 "원예 베란다파"다. 사태의 핵심을 꿰뚫는 수신자명인데, "자기류" 운운하는 자의식은 필요 없다고 질책하는 독자의 목소리가 들리는 것만 같다.

다음으로는 "베란다 원예"인데 이건 아무리 그래도 너무 단순하다. 더욱이 필요 이상으로 기대치를 높이는 제목이라 좀 겁이 날 정도다. 난 그저 "베란다파"라는 작은 파벌로 근근이 해 보려 한다는 걸 양해해 주셨으면

---

[*] 이 책의 원제로 '형식에 얽매이지 않고 자유롭게 베란다에서 하는 원예'를 자기만의 '유파'라고 표현한 것이다.

한다.

"자기류 베란다 원예"는 애석하다. 의미는 완전히 들어맞고 단어도 거의 전부 조합되었다. 하지만 순서가 틀렸다.

재차 말하지만 다 내 책임이다. 내 뒤틀린 습관이 이런 사태를 초래한 것이어서 상냥한 독자분들에게 그저 송구스러울 따름이다. 보내 주시는 글을 읽으며 항상 용기를 얻고 있다. 비록 수신자 이름은 틀렸어도.

가장 아쉬운 것이 "자기류 원예 베란더파"다. 순서는 완벽하다. 그런데 다 됐구나 싶은 데서 한 글자가 엇나간다. 베란더라는 내 입장을 너무 헤아린 나머지 한 획이 안쪽으로 굽었다.

……뭐 이렇게 적고는 있지만 수신자명이야 아무래도 좋다. 이런 혼란이라면 흐뭇하게 기뻐할 수 있다. 독자들의 황급한 모습이 눈앞에 선하게 그려지기 때문이다. 내 글을 읽고 서둘러 뭐라도 한마디 쓰고 싶었던 게 아닐까. 한시바삐 쓰고 싶어서 수신자명 따위는 후순위로 미뤘을 터.

편지의 발신인은 지금 피어 있는 꽃, 지금 자라고 있는 화초의 그 순간을 전하고 싶어 한다. 나도 그 마음을 충분히 이해한다. 그 순간을 마주했는데 정확한 제목 따위가 무슨 상관이겠는가.

아무렇게나 불러 주세요. 바쁘시다면 그냥 '파'만 적

2004년 겨울

어 보내셔도 좋습니다! 저는 이 순간을 나눌 수 있는 것만으로도 더없이 행복합니다.

아, 제 매화는 지금 이 순간에도 전과 다름없이 쑥쑥 자라고 있답니다.

2005년 2월 9일

명자나무
한 그루의 부정

나는 화분을 사 오면 곧장 큰 화분에다 옮겨 심는다. 제 덩치보다 한참 좁게 심긴 상태로 팔리니 폐소공포증이 있는 나로서는 내 몸이 짓눌리는 기분조차 들기 때문이다.

그러나 식물 쪽이 어떤 흙을 선호할지는 전혀 신경 쓰지 않는다. 남은 부엽토가 있으면 그게 다할 때까지 그냥 쓰는 식이다. 그러곤 또 부엽토를 사 온다. 즉 내 화분은 죄다 부엽토로 채워져 있다.

나도 지겹지 않은 건 아니지만 그렇다고 적옥토며 흑토며 피트모스peat moss 등을 세심히 준비할 마음은 들지 않는다. 그만큼 베란다가 좁아지기 때문이다. 내가 흙 쌓자고 베란더가 된 건 아니니까.

이런 우악스러운 원예술 탓에 많은 화분이 쓰린 꼴을 겪지 않았나 싶다. 그래서 나는 한번 꾹 참아 보기로 했다. 옮겨 심지 않아 비좁은 화분을 그대로 지켜보는 고행을 스스로에게 부과한 것이다.

대상이 된 건 앞서 보고한 바 있는 '370엔짜리 명자나

2004년 겨울

무'다. 값이 싸니까 할 수 있는 실험 아니냐고 누가 묻는다면 솔직히 고개를 끄덕일 수밖에 없겠다. 하지만 나도 매일 순간순간이 차고 넘치게 괴롭다.

지독히 비좁은 화분에 흙은 70퍼센트 정도밖에 안 차 있다. 거기에 명자나무 가지 하나가 구불구불한 모양을 하고 서 있다. 물을 줘도 빨리 마르고 뿌리가 뭉칠까 걱정도 된다.

분갈이를 해 주고 싶어 안달이 난다. 중간 크기 화분에 방금 말한 부엽토를 듬뿍 담아 거기에 이 명자나무를 해방시켜 준다면 얼마나 마음이 놓일까.

인고의 나날이 계속되었다. 그리고 내가 인고하는 만큼 명자나무의 상태도 호전되었다. 가지 여기저기서 초록빛 물방울을 분출하듯 싹이 부풀었고, 그 겨드랑이에서 반지르르하게 윤기가 도는 둥근 잎사귀가 자라났다.

아무래도 명자나무는 비좁더라도 환경이 좋은 집을 좋아해 마지않는 모양이었다. 나는 점차 낯빛이 어두워졌고 마침내는 내 입지가 위태로워진 걸 느꼈다.

단 한 그루의 명자나무가 내 과거 전체를 부정하고 있다. 내일 당장 분갈이를 해 버릴 것 같은 자신을 견뎌 보는 중이다.

2005년 2월 16일

명자나무 2
시들었던 게……?

이번 주도 명자나무 얘기를 해 보겠다. 그러나 지난주에 소개한 '실험 중인 명자'는 아니다. 그 명자나무는 한창 무럭무럭 자라더니 마침내는 봉오리까지 맺기 시작한 참이다.

이번에 이야기하려는 건 올해 첫 연재 글에서 '시들어 죽었다'고 보고했던 명자나무다.

베란다를 정리하느라 많은 화분을 버렸을 때, 미련을 끊지 못한 나는 그 명자나무를 따로 챙겨 두었다. 이제 살아 있지 않다는 게 확실했지만 분재를 연상시키는 굵은 줄기가 너무나 돋보여서 봄까지만 폐기를 미루자고 생각했던 것이다.

아무리 1월에 피는 화분을 늘려 본들 겨울 베란다는 기본적으로 적적하다. 나는 그 명자나무의 마지막조차도 베란다의 한 광경으로 삼으려 애썼던 셈이다.

크나큰 모순이지만 나는 이미 죽어 있는 명자나무에도 끊임없이 물을 주었다. 특히 줄기에 신경 써서 물을 뿌려 더할 나위 없이 활발히 자라고 있는 것처럼 연출해

2004년 겨울

스스로를 속여 왔다.

그런데 놀랍게도 그 어리석은 행위가 결실을 맺었다. 바로 며칠 전, 완전히 운명한 줄로만 알았던 줄기에 녹색 이끼 같은 게 붙어 있는 것을 발견했다. 아니, 다시 보니 이끼가 아니라 싹이었다.

이웃에 들릴까 조심할 생각도 못 하고 크게 와! 소리를 질렀다. 버리지 않길 잘했다는 안도감과 이렇게까지 꾸준히 물을 주었더니 용케도 살아났구나 하는 짜릿함, 솟구치는 듯한 천진한 기쁨이 하나가 되었다.

내게 이 일은 기적이라고밖에 말할 수 없는 환생으로 다가왔다. 생명 반응이 단절되었던 수목이 조용히 숨을 되찾은 모습에서 어떤 신비를 느꼈던 것이다. 이 명자나무는 어떻게 자신의 생명을 동결시켰고 또 무엇을 계기로 다시금 해동했을까.

싹은 아직 어리다. 노안이 시작된 내 눈으로는 초점이 맞지 않아 하는 수 없이 곤충 관찰용 확대경으로 확대해 관찰하는 중이다. 너무 기뻐서 보지 않고는 배길 수가 없다.

머잖아 싹은 잎이 되고 봉오리가 될 것임을, 이미 실험 중인 명자나무에서도 보았기 때문에 믿어 의심치 않는다.

자, 이제 내 고민은 이미 내버린 화분들이다. 그 가운데도 아직 살아 있는 식물이 있었던 게 아닐까 생각하면

등줄기가 오싹해진다. 이런 선례가 생겨 버리면 또 한동안은 화분을 버릴 수 없게 되니 난감한 노릇이다.

2005년 2월 23일

2004년 겨울

2005년 봄

삼색버들
나를 격려해 준 빛

이번 주 내내 감기에 시달렸다. 꼬박 이틀간 누워 있었건만 도무지 낫질 않아 비척거리며 병원까지 걸어가 수액을 맞았다. 어찌어찌 움직일 수는 있게 됐지만 아직 컨디션이 정상으로 돌아오지는 않았다.

오한이 멈추지 않아서 도저히 베란다에 나갈 수가 없었다.

그런 나를 북돋아 준 것이 버들이다. 허청허청 바람에 흔들리는 모양새를 실내에서도 볼 수 있었는데 그때마다 울적했던 기분이 밝아졌다.

정확히 말하면 삼색버들이다. 갈색 껍질을 뚫고 붉은 꽃이삭이 차례로 영글어 부드러운 털을 나부낀다. 일반적인 꽃이라면 시들까 봐 마음 졸여야 하지만 버들은 그럴 것 없이 끊임없이 부풀어 오른다.

붉은 꽃이삭은 얼마지 않아 아주 전형적인 하얀색으로 변한다. 그렇게 되면 약간만 날이 흐려도 털끝이 빛나는 것처럼 보인다. 기본적으로 북향인 이 맨션에서는 이 자그마한 빛조차도 큰 기쁨이다.

2005년 봄

날이 흐리면 점심때가 조금만 지나도 벌써 방이 어두워진다. 몸이 안 좋으니 이 어둠이 너무나 힘들다.

이때 발광체처럼 빛나는 버들 꽃이삭의 존재가 내 한숨 쉬는 횟수를 현저히 줄여 준다.

꽃 같지도 않은 꽃이기에 여지껏 버들에 관심을 주지 않았다. 이 화분을 산 것도 정말 한때의 변덕 때문이었고 고백하면 그간 에어컨 바람을 직격으로 맞게 두기도 했다. 그랬는데 이 작은 빛 한 줄기가 힘든 시기에 이토록 마음을 다스려 주다니……

나는 지금까지 버들의 본질적 매력에 무지했던 셈이다. 아니, 감상하는 자를 격려해 주는 식물의 힘이 얼마나 대단한 것인지 모르고 있었다.

식물은 잎도 줄기도 꽃도 모두 빛을 모은다. 비록 대단찮은 정도일지라도 태양의 작용을 최대한으로 받아들여 반사한다. 그 참을성이 우리를 놀래고 그들이 모은 빛이 우리 마음을 밝혀 준다.

오늘은 날이 맑다. 회복되기 시작한 몸을 일으켜 베란다에 나가 제일 먼저 버들에게 물을 주었다.

그 빛의 근원에.

2005년 3월 2일

골든몽키
이름 별난 화분의 등장

친구들 사이에서는 꽃구경 일자가 일찍부터 잡히기 시작했고, 인간들의 성급함을 알아차렸는지 베란다의 식물들도 싹 틔우기를 서둘렀다. 무엇보다 며칠 전과는 비할 수 없이 표토가 잘 마르는 게 기쁘다.

그리고 마침내 오늘, 길을 가다 가로등 아래의 좁은 공간에 유채꽃이 핀 것을 발견했다. 어김없이 봄이 온 것이다.

날아갈 것 같은 기분을 채 억누르지 못해 그길로 단골 마트의 화분 코너로 냅다 뛰어갔다.

새로 입하된 화분 더미가 봄의 도래를 한층 더 확고히 느끼게 해 주리라. 계절의 변곡점을 최대한 충분히 만끽하고 싶었다. 다른 손님들도 나처럼 다가오는 봄에 들떠 있었다. 하나같이 만면에 웃음을 머금고는 "삼색 복사나무다"나 "고텐바자쿠라御殿場桜[✔]네" 혹은 "시네라리아

[✔] 일본 시즈오카현 고텐바시에서 많이 번식하는 벚나무로, 좀벚나무Japanese dwarf cherry에서 파생된 종으로 알려져 있다.

2005년 봄

잖아” 등등으로 중얼거리며 매장을 배회하고 있었다.

이렇게 손님들이 눈앞의 화분 이름을 중얼거리며 돌아다니는 광경을 화분 코너에서는 예사롭게 마주칠 수 있다.

‘아, 이 식물의 계절이 왔구나’ 확인하는 것이리라.

그런데 그 가운데 누구도 이름을 읊조리지 않는 화분이 하나 있었다. 신기하게도 그 화분 앞에서는 누구나 침묵하게 된다.

무엇이 놀라운가 하면 우선 형상이 그렇다. 움푹한 그루터기 비슷한 것이 솟아 있는 데다가 주위에는 갈색 털이 덥수룩하다. 딕소니아과 식물을 연상시키는 모습이었다.

초소형 오랑우탄이 웅크리고 있는 것 같은, 혹은 아이가 터뜨린 원숭이 봉제 인형의 잔해 같은 화분이었다. 수수께끼의 화분에는 ‘골든몽키’라는 이름이 붙어 있었다. 판매자의 궁여지책으로밖에 보이지 않는 작명이다.

아무리 봄에 들뜬 고객이라도 ‘아, 골든몽키의 계절이 왔구나’라고 생각하지는 않을 것 같다. 그래서 그 화분 앞만 뜬금없이 고요한 것이다. 아무튼 다들 말문이 막힌 채 스쳐 지나갈 뿐이다.

그런 가운데 나 홀로 골든몽키…… 를 몇 번이고 읊조렸다. 강인한 이름이 너무 부자연스러운데 그 모양새도 우습다.

그리하여, 샀다. 애착이란 것이 생겨 버렸나 보다.

집에 와 찾아보니 별명이 골든차우차우라고 한다. 팔리기 위해서라면 어떤 개명도 감수하는 이 가련한 식물을 온 마음을 다해 정중히 다루려 한다.

2005년 3월 9일

2005년 봄

브로콜리 2
불운한 수확

브로콜리를 수확했다. 동쪽 베란다 플랜터에서 재배하던 한 그루뿐인 브로콜리. 그 녀석이 아무리 봐도 먹기 적당한 시기의 경계에 아슬아슬하게 걸쳐 있었다.

지팡이 정도 굵기의 줄기가 쑥쑥 길어 그 정상에 작은 숲을 연상시키는 특유의 꽃봉오리가 생긴 지 두 달여. 나는 이 녀석을 언제 수확해야 하나 하루도 거르지 않고 망설임을 거듭했다.

가능한 한 이 녀석을 거대하게 만들고 싶었다. 그러나 너무 오래 기다리면 빼곡하게 들어찬 가느다란 초록색 봉오리들의 끄트머리에서 꽃이 피어 버리는데, 그 식감은 유채꽃이나 다를 바 없다.

그렇게 크기냐 브로콜리다움이냐는 중대한 선택의 압박을 그간 시시각각 느껴 왔다.

조금만 참으면 더 커질 테니까, 아니야 당장이라도 개화가 시작될 것 같아, 조금만! 조금만 더! 지금까지 기다렸는데 조금만 더 참아 보자…… 이런 식으로 정말이지 살뜰하기 짝이 없는 자문자답을 반복한 것이다.

답은 자동으로 나왔다. 꽃봉오리 끝이 살짝 벌어지려고 했기 때문이다.

거대한 브로콜리를 기대했던 나는 결국 어느 정도의 유채꽃화를 감수할 수밖에 없게 되었고, 마지못해 칼을 꺼내 서둘러 수확을 마쳤다.

운도 나쁘게 며칠 전부터 이빨 치료를 시작했다. 왼쪽 위 어금니가 상해서 보철물을 씌워야 하는 상태가 되었다. 이에 뭐가 조금만 닿아도 격렬한 통증이 일어 죽 말고는 아무것도 먹을 수 없는 상황이었다.

하필이면 이때 수확일이 다가온 것이다. 어쩔 수 없이 내 저녁상은 죽과 데친 브로콜리의 조합이 되었다.

내가 꿈꿨던 것은 이런 절 밥 스타일이 아니었다. 복슬복슬하게 부푼 브로콜리를 데쳐 양상추 따위를 섞고 드레싱을 끼얹는다. 그리고 메인 디시는 당연히 햄버그스테이크. 밝고 따뜻한 식탁 위에 무엇과도 바꿀 수 없는 일품 요리상을 차리려 했단 말이다.

그런 완벽한 구상이었건만 실제 메인 디시는 주구장창 죽이다. 게다가 지금 나는 얼굴을 오른쪽으로 기울여야 뭘 먹을 수 있는 상태다. 왼쪽으로 브로콜리가 넘어가지 않도록 주의를 기울이며 한쪽으로 조심조심 씹어보았다.

유채 맛만 나더라.

2005년 3월 16일

2005년 봄

무스카리
봄을 알리는 방문객

올해 가장 먼저 내 베란다를 방문할 곤충이 뭘까. 추위가 물러나면 찾아올 녀석들을 염려하면서도 또 한편으로는 지레 기대에 차 있었다.

방문한다는 건 물론 날아든다는 의미다. 화분 흙에 숨어 딸려 온 지렁이나 배수구를 타고 올라온 바퀴벌레 따위에게는 이렇다 할 관심을 두지 않는다.

아무튼 대기가 차가워도 봄은 말릴 수 없이 다가오고, 그러면 풀꽃이 움트는 동시에 곤충계의 활동도 시작된다. 베란더라면 누구나 경험으로 그 신비한 연동성을 알고 있을 터.

이것도 오랜 경험에서 오는 예감이다. '슬슬 뭔가 올 때가 됐어' 하는 신호가 오는 것이다.

그리고 기대감으로 가슴이 부푼 지 이틀밖에 안 지났는데 기다렸던 곤충이 내 베란다를 찾았다.

작은 벌이었다. 여위고 옅은 갈색을 띤 꿀벌 한 마리가 홀로 맨션 고층까지 올라온 것이다. 이렇게 곤충계도 내게 봄을 고했다.

내 베란다에 오신 걸 환영합니다, 당신이 첫 방문객이에요!

방문객의 목적은 분명했다. 꿀벌은 몇 초간 베란다 안을 붕붕 날아다니다가 마침 꽃을 피우려는 무스카리에 달라붙었다.

유리 용기 속에서 수경 재배하고 있는 무스카리 중 딱 여덟 그루가 삼각추처럼 생긴 꽃봉오리를 벌리기 시작한 것이 불과 며칠 전이다. 종 모양 꽃 하나하나는 겨우 쌀알만 한 크기다. 꽃봉오리 자체는 아직 절반도 채 벌어지지 않았다.

그럼에도 봄의 부름을 받은 꿀벌은 보랏빛 꽃을 노리고 날아와 소소하게 꿀이며 꽃가루를 무심히 모았다. 휘청거리던 건 배고픔 탓이었는지도 모르겠다.

꿀벌은 마침내 어딘가로 떠나갔지만 곧 돌아오리라는 걸 나는 알고 있었다. 베란다 새시 너머로 지켜보고 있으니 과연 5분도 되지 않아 다시 나타났다.

장소를 기억하는 그 능력, 굶주림에 지지 않고 재빨리 고층까지 올라오는 그 힘은 정녕 위대하다.

나는 작은 벌 한 마리에게 뜨거운 박수를 보냈다.

내 베란다를 마음에 들어 해 줘서 고맙군요! 두 번째 방문객도 당신입니다!

2005년 3월 23일

2005년 봄

명자나무 3, 수국 2
격세유전의 힘

그간 틈만 나면 얘기했던 명자나무 꽃이 지금 베란다에 피어 있다. 마트에서 싸게 사 왔다가 분갈이를 참은 탓에 흙이 내 주먹 높이밖에 안 오는 바로 그 명자다.

그 빈약한 환경에서 용케도 꽃을 피웠다는 사실에 감동하지 않을 수가 없었다. 가만히 들여다보니 하얀 꽃잎은 며칠 만에 붉은 빛을 내기 시작해, 마침내 반투명한 설탕 세공품처럼 변했다.

흐린 하늘이 오히려 이 명자와 잘 어울린다. 아슴푸레하게 비쳐 보이는 꽃잎에 약한 햇빛이 비쳐 들면 그 부분만 강조되어 희미하게 빛나는 것이다. 얼마간은 비현실적으로 느껴질 만큼 환상적인 광경이 펼쳐진다.

전체가 마치 인공물처럼 보이는데 꽃잎 때문만은 아니다. 가냘픈 가지에 꽃만 돌출되어 있고 잎이 눈에 띄지 않아서기도 하다.

한편 그 화분 곁에서는 한 해 선배인 명자나무가 신입을 뒤쫓듯 둥근 녹색 봉오리를 부풀리고 있다. 이쪽은 봉오리와 마찬가지로 동그스름한 잎사귀를 힘껏 무성히 틔워 내서, 그 잎들이 봉오리를 지키며 키우는 것처럼 보인다.

잎과 함께 꽃을 준비한 선배 명자나무는 이렇게 겨우 1년 만에 야생화했다. 교배로 꽃만 도드라지게 만들어 놓아도 식물은 단기간에 격세유전을 이루고야 만다.

이 과정은 정말이지 신비스럽다는 말 말고는 형용할 길이 없다. 식물이라는 생명은 겨우 1년 주기 만에 원시의 모습을 되찾는 힘을 품고 있는 것이다.

두 명자나무를 비교해 보면서 나는 인위적인 개입이 얼마나 하잘것없는지를 절절하게 느꼈다. 물론 그 하잘것없는 수작 덕분에 꽃부터 먼저 피우는 환상적인 광경을 즐길 수 있는 것이긴 하지만.

내 베란다에서 벌어진 야생화의 또 다른 사례는 신종 수국이다. 지금 잎은 완전히 시들었지만 뿌리 부근에서는 고추냉이를 닮은 뿌리줄기가 자라고 있다.

들여온 첫해에는 빽빽하게 꽃을 피웠다. 그러나 2년 차에 들자 꽃이 한층 작아지고 수도 줄어 길이 또한 제각각이 되어 버렸다.

수차례의 교배를 거친 신종이라서 오히려 격세유전을 하면 수국답지 않은 풍모를 내비치는 것임에 틀림없다. 기괴하고 어디서도 본 적 없는 이상한 식물의 모습을 보인다.

많은 시간을 들여 야생 상태를 복원하는 것. 이 또한

2005년 봄

베란더의 즐거움 중 하나다. 도회적인 베란다에서 식물들을 차례차례 격세유전시키는 건 통쾌하기 그지없는 일이다.

2005년 3월 30일

살구
이레 동안의 대작전

한 주 동안 살구꽃이 피었다.

핑크빛의 벚꽃과 많이 닮은 수십 송이의 꽃이 가지에 매달리듯 붙어 차례차례 벌어졌고, 이레 후 도쿄에서 벚꽃 개화 선언이 보도된 날에는 거의 다 졌다.

벚꽃으로 가는 징검돌이자 전조 격인 살구꽃이 살포시 피었던 것이다.

그렇게 소극적인 살구꽃과 달리 나는 조금도 소극적이지 않았다. 작년에도 살구꽃은 만개했지만 열매는 하나도 맺지 못했고 나는 적잖이 실망했다. 그래서 올해에는 기필코 열매를 보겠다는 마음으로 심기일전했다.

도쿄 시타마치下町┏ 쪽에서는 여름 빙수에 살구 시럽을 올리곤 한다. 보이는 그대로 '살구 빙수'氷あんず라고 부르는데 나는 어른이 되도록 전국 방방곡곡 어디에나 있는 메뉴인 줄 알았다.

┏ 도쿠가와 막부 시절 에도(현대의 도쿄) 성내의 저지대에 형성된 상공업 지역으로, 니혼바시, 교바시, 간다, 아사쿠사 등이 이에 속한다.

2005년 봄

몇몇 친구에게 "그게 뭔데?"라는 반문을 듣고서야 시타마치 촌구석에만 있다는 걸 알게 됐다.

인간은 자신의 로컬성을 깨닫게 되면 그것을 필요 이상으로 증오하거나 사랑한다. 어느 쪽이어도 감정이 도를 조금 넘게 되는데 내 경우엔 후자였다.

나는 유난히 살구, 특히 건살구를 좋아하게 됐고 고작 건살구 따위에서 정체성을 확인하기에 이르렀다. 포장된 건살구를 꼬박꼬박 사 먹기도 했다.

그 건살구를 집에서 채집한 열매로 만들고 싶었다. 이걸 염원이라고 표현해도 될까. 아무튼 나는 가슴에 그런 염원을 품었다.

작년을 반성하며 살구에 인공 수분을 시도할 수밖에 없겠다고 생각했다. 벌들이 해 주면 좋을 일인데 내 베란다를 찾는 벌들은 무스카리에만 관심이 있어 어쩔 수가 없었다.

그래서 일주일 동안 매일 붓으로 핑크색 꽃의 중앙을 간질간질 매만졌다. 처음에는 단단한 수술이 도무지 꽃가루를 뿌리지 않았다. 그렇다고 너무 힘을 넣으면 수술이 부러진다.

덧없는 작업이 되지 않을까 하는 의문이 고개를 들 무렵, 꽃 한 송이가 풀썩 꽃가루를 흩뿌렸다. 황급히 그 꽃가루를 붓에 문질러 바르곤 다른 꽃 전부의 암술에 나누어 주었다. 결국 세 송이 꽃이 꽃가루를 뿌렸고 덕분에 나만의 방법으로 인공 수분에 성공한 셈이 되었다.

이제는 기다림만 남았다. 실패하면 내년에 또 새로운 실험을 할 따름이다.

염원을 이루는 데는 고난이 많은 편이 좋은지도 모르겠다.

2005년 4월 6일

2005년 봄

계수 2

'봉오리'에 안달하다

내 자랑스러운 계수가 얼마 전 한 달 남짓이나 나를 안달하게 만들었다.

왜냐하면 어느 순간 가느다란 가지 끝에 방추형의 봉오리 비슷한 것이 달렸기 때문이다. 게다가 한둘이 아니었다. 가지 끄트머리마다 주렁주렁 달렸다.

당연히 꽃이 피겠거니 여겼다. 계수 화분도 진귀한데 그 꽃을 보는 행운까지 누릴 수 있다고 생각하면서 희열에 도취되었다.

그러나 그 '봉오리'가 좀체 부풀려 하지 않았다. 느릿느릿 키부터 자라더니 다시 또 느긋하게 살짝 부풀어 올랐다. 이만큼의 움직임만으로 3주를 소비했다.

당초부터 나는 계수꽃이 하얄 거라고 단정하고 있었다. 아무 근거도 없었지만 다른 색은 떠올릴 수 없었으므로, 나는 그 하얗고 산뜻하고 청아하고 사랑스러울 계수꽃을 하염없이 기다렸다.

그러나 3주가 지나서야 겨우 풀어지기 시작했다. '봉오리' 끄트머리는 온통 연둣빛을 띠었다. 이는 가능하다면 알고 싶지 않은 사실이었다.

혹시 이건 잎이 아닐까…… 하는 최악의 생각이 나를 집어삼킬 판이었다. 아니야, 그럴 리가 없어! 기를 쓰고 부정했다. 잎이라면 지금까지도 곁순에서 자라고 있을 테니까. 그걸 굳이 '봉오리'스럽게 부풀려 일제히 가지 끝에서 틔울 이유가 어디 있는가. 변죽만 울리고 마는 것에도 정도가, 한도가 있어야 하지 않나.

그러나 이런 내 비통한 외침을 무시한 채 '봉오리'는 조금씩 벌어졌고, 명주잠자리 날개를 닮은 초록빛 반투명한 물질이 선연한 잎맥과 함께 펼쳐졌다.

나는 도중에 몇 번이나 계수를 앞에 두고 두 손을 모았다. 내가 원하는 꽃을 피우는 식물이기를 기도했고 특히 잎맥만큼은 사라지길 강렬하게 염원했다.

하지만 잎맥은 사라지기는커녕 늘어났다. 어느 모로 보나 잎이었다. 한 달여에 걸쳐 하얀 꽃을 꿈꾸게 해 주었던 계수의 '봉오리'는 아무리 뻗대 본들 잎이었다.

다른 곁순에서 자란 잎과 달리 여러 잎이 '봉오리'에서 동시에 나타난 이상 비록 꽃이 아니더라도 진귀한 일이었다고, 흔히 볼 수 없는 현상이었다고 그렇게나마 지금 스스로를 달래고 있다.

그러지 않으면 꽃을 기다리느라 고스란히 한 달을 허비한 것이 원통할 테니.

2005년 4월 13일

2005년 봄

살구 2
인공 수분의 기적

살구의 인공 수분에 관해 아주 정중한 편지를 한 통 받았다. 간단히 말해 올해도 열매는 맺지 못할 거라는 내용이었다……

살구는 자가 수분하기 어려운 식물이어서 다른 살구나무 혹은 같은 장미과 수목에서 꽃가루를 옮겨 오지 않는 한 열매가 열리기 어렵다고 한다. 즉 타가 수분을 해야 한다는 것이다.

이는 사실 내가 수분 작업을 하면서 가장 우려한 사태였다. 예컨대 키위나 은행에 웅주와 자주가 있듯, 식물도 때로는 동물적이고 심지어는 관능적이다.

타가 수분을 선호하는 살구 또한 자신과는 다른 나무와의 교배를 원했으며, 그런 의미에서 육감적이고도 에로틱했던 것이다. 진화 과정을 그대로 보여 주는 것만 같은 기괴하고 섬세한 생명.

나는 살구가 그런 식물이라는 사실에 흥분하는 동시에 올해도 열매를 맺지 않는 걸까 낙담했다. 즉 지극히 복잡한 감정에 휩싸여 있었다.

그런데 베란다에 터벅터벅 걸어 나가 덧없는 작업의 흔적을 확인하듯 살구 쪽을 살짝 돌아보았더니 꽃받침과 암술 뿌리 여기저기가 볼록이 부풀어 오르고 있었다.

이게 대체 무슨 일이지? 눈을 의심했다. 덧없이 스러질 기쁨이라면 사상하고 싶었기에 며칠간은 판단을 보류하고 계속 신경 써 관찰했다. 그사이 초록빛 덩어리는 점점 몸집을 불려 나갔다.

열매였다. 살구나무가 열매를 맺은 것이다.

떠올릴 수 있는 이유는 딱 하나였다. 앞서 쓴 것처럼 살구가 꽃을 피울 무렵 수술은 딱딱했다. 꽃가루를 뿌리지 않는 것이 께름하던 나는 같은 베란다에 피어 있던 명자나무 꽃 가운데를 붓으로, 정말 아무 뜻 없이 장난치듯 한 차례 가볍게 쓰다듬었다. 명자는 보란 듯이 꽃가루를 날렸다.

분명 그 변덕이 공을 세운 것이다. 붓에 묻은 명자나무 꽃가루를 의식하지 못한 채 그걸 며칠 동안 계속 살구 암술에 묻혔던 것이다. 게다가 우연히도 명자는 살구와 같은 장미과다!

그 사실을 떠올릴 때마다 소름이 돋는다. 그때 장난스러운 마음이 일지 않았더라면 살구 열매는 열리지 않았을 것 아닌가.

올해는 운수가 아주 좋을 모양이다.

2005년 4월 20일

2005년 봄

양하
세상의 법칙을 거스르는 식물

올해 등나무는 꽃을 피우지 않았다. 요 몇 년간 거르는 법 없이 피었으니 제반 조건에 무언가 변화가 생긴 모양이다. 결여된 조건을 알아내기까지 또 몇 해를 보내야 하는 걸까.

그때까지 개화는 미뤄질 것이다.

유위전변有爲轉變. 베란더의 세계는 제행무상諸行無常이다. 한번 피었다고 해서 매년 핀다는 법칙 따위는 없으며, 꽃의 출현이란 언제나 기적에 가까운 일이다. 시들어 죽지 않는 식물은 어디에도 없다.

이렇게 만물유전이라는 거대한 진실을 마주한 나를 다독여 준 것은 한 그루의 양하였다. 서쪽 베란다의 볕이 들지 않는 화분에서 초록색 두루마리를 연상시키는 줄기가 휘우듬하게 뻗어 나와 있었다.

양하는 나를 배반한 적이 없다. 겨울에는 흙 속에 숨는 탓에 종종 물 주기에 소홀해지고 그늘에 놓아 둔 탓에 습기가 너무 많아지기도 한다.

나는 이렇게 양하에 실로 의리 없는 태도를 보여 왔다.

그럼에도 아랑곳하지 않고 녀석은 잊을 만하면 존재 감을 드러낸다. 그야말로 경이로운 강인함이고, 그 때문에 나는 더욱더 녀석을 함부로 대하게 된다. 어떻게 양육하든 탈 없이 자랄 거라고 확신해 그만 느슨해져 버리는 것이다. 양하는 손해 보고 사는 식물인 것 같다.

심지어 예전에는 양하와 같은 화분에 알스트로에메리아를 함께 심었다. 둘 다 뿌리의 생명력이 이상하리만큼 왕성해 죽었나 싶다가도 조금 기다려 보면 다시 줄기가 자라났다.

나는 스스로도 이유를 이해 못 한 상태로 두 강인한 식물을 한 화분에서 키웠고 그럼으로써 다른 섬세한 식물들을 상대하느라 지친 자신을 달랬다.

그러나 결국 알스트로에메리아가 목숨을 다했다. 차츰 꽃이 작아지더니 마침내는 줄기의 굵기가 일정 수준 이상으로 자라지 않게 되었고 이내 화분에서 자취를 감췄다.

그렇게 양하만 남았다. 이제 양하는 내 베란다에서 유위전변, 제행무상, 만물유전이라는 세상의 대법칙을 거스르는 유일한 식물이다. 석가의 가르침에 맞서는 악마 같은 식물, 그것이 내겐 양하인 것이다.

어떤 조건이든 얼마나 결손이 생기든 양하는 잎으로 둘러싸인 상태로 뻗어 나와 이윽고 밑동에 봉오리를 맺는다. 나는 그것을 수확한다. 언제나.

2005년 봄

이 '언제나'의 존재가 내게 깊은 안도감을 주고 응석을 부리게 만든다.

2005년 4월 27일

잡초 천국을 향한 지칠 줄 모르는 열정

나는 잡초를 뽑지 않는다. 아니 오히려 크게 환영하는 편이다.

내게는 잡초도 모아 심기의 번듯한 일원이기 때문이다. 돈 주고 사 온 것도 아닌데 한 화분에서 두 종류 이상의 식물이 자란다. 그야말로 남는 장사 아닌가.

게다가 그중 후발대인 잡초는 한 해 동안 몇 번이나 꽃을 피운다. 기본적으로 조그마하고 볼품없는 꽃이다. 하지만 노랑, 하양, 보라가 색색이 뒤섞인 데서 오는 사랑스러움이 있다.

베란다 원예의 경우에는 정원과 달리 잡초가 순식간에 전체를 점거하는 일은 일어나지 않는다. 잡초는 각각의 화분에서 따로따로 번성하고 씨를 날려도 피해는 그 화분에서 그친다.

따라서 내 입장에서는 이 뜻하지 않은 모아 심기 상태를 여유롭게 지켜볼 수 있다. 본체가 시들해져도 잡초만큼은 언제나 팔팔하다는 것, 이것이 정신 건강에 상당히 도움이 된다. 다만 식물 위생상으로는 어떨지 모르겠다.

2005년 봄

그냥 파드득 나물, 이상하게 잎사귀가 큰 파드득 나물, 가느다란 잎이 뾰족뾰족 솟고 꽃이 진 후에도 역시 가느다란 꼬투리가 생겼다가 마침내는 씨앗이 여물어 터지는 어떤 풀, 그 밖에 이것저것. 때론 본체 식물보다 이들 잡초 중심으로 물을 주기도 한다.

그런데 이번 봄에 내 잡초 천국은 그만 도를 넘었다.

몇몇 화분의 표토가 완전히 잡초로 뒤덮이는 바람에 흙이 말랐는지 어떤지를 알아볼 수도 없게 된 것이다. 깻묵 거름을 뿌려도 잡초가 쿠션 역할을 해 흙과 닿지 않게 되었다. 거름이 풀 위로 둥둥 떠 있는데 무슨 의미가 있으랴.

물거름을 잡초가 모조리 빨아들였을 우려도 있었다. 본체가 비쩍 말랐는데 잡초만 팔팔하니 말이다.

뽑을 수밖에 없겠다고 판단했지만 그렇다고 잡초를 내다 버릴 생각은 터럭만큼도 없었다. 대신 잡초만 모은 플랜터를 만드는 일에 착수했다.

그러나 한심하게도 잡초들은 하나같이 나약했다. 척척 맨손으로 뽑아 플랜터에 차례차례 옮겨 심었지만 족족 시들어 버렸다.

다음에는 삽으로 해 봤다. 공들여 뿌리부터 들어 올려 뽑아 조심스레 심고 주저앉은 잡초는 버팀목까지 받쳐 줬다. 이렇게까지 했는데 잡초들은 허우적거릴 뿐이었다. 무슨 잡초가 이 모양이람! 가진 건 건강뿐인 놈들 아니었나!

'본말전도.' 이 문구가 줄곧 뇌리를 스쳤다. 그러면서도 나는 잡초 옮겨 심기에 여념이 없었다.

원예를 향한 내 열정은 한동안 잡초 천국의 완성에 바쳐질 듯하다.

2005년 5월 11일

2005년 봄

라임

한 해 거른 고백

라임이 갑자기 잎을 떨군 지 어느새 거의 1년 가까이 지났다.

원래는 주당인 지인에게 선물하려고 산 화분이었지만 막상 꽃이 피고 열매가 맺히니 떠나보낼 수가 없게 되었다.

나는 진 라임 같은 칵테일을 마시는 습관이 없어 열린 열매는 수확하지 않고 관상용으로 삼았다. 라임은 2년 연속 열매를 맺었다.

그런데 3년째인 작년 초여름 어느날 라임나무 잎사귀 위에 나비 애벌레 두 마리가 오도카니 앉아 있었다. 틀림없이 호랑나비 애벌레였고, 이미 잎사귀 일부를 갉아 먹은 상태였다.

처음 한순간은 솔직히 기뻤다. 맨션 최고층에 도달했던 어미 나비는 여기에 감귤류가 있는 걸 알고 내 계획대로 알을 붙인 것일 테니 말이다.

그런데 다음 순간 격심한 절망이 나를 덮쳐 왔다. 작년에 라임나무 컨디션이 안 좋아 잎이 달랑 네 장밖에 안 남았기 때문이다! 머잖아 애벌레들이 기아의 구렁텅이에 빠질 것이 뻔했다.

베란다에 다른 먹거리는 없을까…… 하며 기억을 샅샅이 더듬었다. 우선 산초가 떠올랐지만 녀석도 상태가 나빠 잎이 거의 붙어 있지 않았다.

다음 순간(도합 네 번째 순간) 떠올린 방안은 애벌레들을 위해 감귤류 화분을 사 오는 것이었지만, 나는 곧바로 말없이 고개를 가로저었다.

나는 일개 베란더다. 나비를 인공 육성할 그릇은 아니다. 애초에 감귤류 화분이 몇 개나 있어야 애벌레가 번데기로 자랄지부터 도통 짐작이 가지 않았다.

그럼 이제 여섯 번째 순간에 대해 쓸 때가 되었다. 애벌레를 발견하고서 10초도 지나지 않은 순간이었다. 내 손에는 살충제 약병이 들려 있었고, 얼마 안 있어 분사가 시작되었다.

경험상 그보다 망설이면 후회가 한층 커진다. 망설일 동안 라임잎은 점점 사라지고 애벌레는 먹을 것을 잃게 된다. 기를 생각이 없다면 내 손으로 죽일 수밖에 없는 것이다.

다음 날, 내 판단에 항의하듯 라임잎이 모두 떨어졌다. 살충제가 원인인 모양이었다. 결과적으로 무엇을 지키고자 했던 것인지조차 불분명해졌다.

이유를 설명하기는 어려운데, 나는 그렇게 시들어 버

2005년 봄

린 라임나무를 지난 1년간 버리지 않고 두었다.

그러나 이제 시효가 다했다. 내일 치우기로 했다.

2005년 5월 18일

붓꽃 2
반중력의 오락

붓꽃이 피었다. 작년에 이웃 베란더에게 받은 건데, 사실 관계를 따지면 새가 옮겨 왔다고 해야 맞긴 하다.

그게 올해 꽃을 피웠다. 펜싱 검을 연상시키는 날렵한 잎새들 사이로 직경 5밀리 남짓 되는 줄기가 올라오기 시작한 게 5월 초였던 것으로 기억한다.

줄기가 하늘을 향해 직선으로 뻗은 모양새에서 '쑥' 하는 소리가 들렸다. 물론 실제로 소리가 났을 리는 없다. 그런 기분이 들었다는 말이다.

가느다란 줄기는 바람이 불어도 크게 흔들리지 않고 바람이 멎거든 자세를 바로해 하늘을 찌른다.

그렇다고 붓꽃이 까칠한 식물이라는 말은 결코 아니다. 뭐랄까, 어린 아이가 서당에서 공부에 한껏 집중하는 것 같은 갸륵한 인상을 준다. 나는 이처럼 곧은 성품을 가져 본 적이 없어 부끄러울 따름이다.

내 부끄러움은 차치하고, 줄기 끝은 펜촉 같은 모양이 되었다가 이내 부풀어 올랐고 며칠 지나지 않아 갈라지더니 하얀 꽃의 일부분이 비어져 나왔다. 그다음부터는

2005년 봄

일기가성一気呵成, 종이 세공 작품처럼 복잡한 구조를 품은 꽃이 단숨에 넘쳐흘렀다.

꽃이 피어도 붓꽃 줄기는 변함없이 꼿꼿하게 곧추서 있다. 중력의 기미를 전혀 느낄 수가 없는 것이 위에서 뭔가가 잡아당기고 있는 건 아닌지 수상쩍을 정도다.

앞서 접시꽃에 관해 썼을 때도 나는 "하늘을 향해 꼿꼿이 곧추선" 자태를 칭송했다. 그러나 접시꽃은 야성적인 힘으로 주위의 공기를 그러쥐고 서 있는 듯한 데가 있다.

반대로 붓꽃은 아무 힘도 사용하지 않는다. 지구를 빈틈없이 뒤덮은 중력의 막에 한 점 구멍을 뚫고 혼자 무중력 상태에 있는 것처럼 서 있다.

그걸 바라보고 있노라면 내 몸도 그 작은 무중력 지대에 빨려 드는 것 같다. 등 근육이 저절로 펴져 하늘로 빨려 들어가는 느낌이 든다.

이 이상한 착각에 빠지는 게 질리지 않고 재밌어서 어느 날에는 붓꽃에서 눈을 떼고 중력을 느끼다가 다시 보면서 무중력을 느끼는 놀이를 반복하기도 했다.

식물을 완상하는 행위는 시각적 즐거움에 그치지 않는다는 것을 붓꽃에게서 배웠다. 그 체감형 놀이만큼은 모범생처럼 고분고분하게 즐겼다.

2005년 5월 25일

울창하다고 한 적 없는데요

지금 베란다에는 보랏빛을 띤 진홍 사피니아가 힘껏 피어 있고, 겨울에 온통 거무스름해진 잎을 떨어뜨린 말리가 멋지게 병을 이겨 내고 차례로 개화했으며, 달개비 봉오리가 잎과 잎 사이에서 솟아올라 단숨에 터졌다. 그 밖에도 앤젤스트럼펫이 커다란 꽃을 달았고 그 가까이서 칵테일장미도 가장자리가 붉은 꽃을 매일 피워 내 식물 생활이 더할 나위 없이 충실해졌다.

자, 이렇게 베란다 상황을 써 놓으면 아무래도 오해가 생길 것이다. 몇 번이나 끈질기게 내 베란다의 궁색함을 강조해 왔건만, 독자 여러분 마음속에서는 다른 상상이 부풀기도 하는 모양이다.

이미 지금까지 여러 손님이 "베란다 좀 보여 주세요"라고 하길래 들뜬 마음으로 창틀을 밀곤 했다. 그리고 실상을 접한 그들은 하나같이 침묵에 잠겼다.

그 긴 침묵에서 '이럴 수가⋯⋯'의 당혹감이 읽혀 보여 준 나까지 떠름한 기분이 되어 버린다.

요컨대 방문객들은 울창한 숲 같은 베란다를 예상했

던 것이다. 발 디딜 틈도 없을 지경인 초록으로 가득한 낙원을!

그러나 정말로 발 디딜 틈이 없으면 어떻게 제일 안쪽 화분에서 시든 꽃을 뽑을 수 있겠는가. 무슨 마법으로 팔을 늘여 종횡무진 물 주기를 감행하겠는가. 분갈이 공간도 안 나오는데 어떻게 흙을 고르겠는가.

내 베란다에는 화분이 얼핏 봐도 두세 줄을 넘지 않게 바닥에 놓여 있고 실외기 위에 몇 개가 더 듬성듬성 놓여 있을 뿐이다.

다만 베란더 동지라면 그런 화분들 틈새에서 커피 잔 받침 정도 크기의 그릇에 작은 초록빛이 달라붙어 있는 걸 발견할 것이다. 그건 시들고 남은 칼랑코에다. 비슷하게 조그만 화분에서는 위령선 모종이 죽지 않고 양양하게 자라는 중이다.

얼핏 봐도 두세 줄뿐인 화분 틈새를 채운 숱한 키 작은 식물들. 동지라면 거기서 블랙베리를 발견하는가 하면 백정화에 눈을 빛내기도 할 터이다.

결코 울창하지는 않다. 발 디딜 곳도 충분하다. 옹색한 건 분명하지만 내 베란다에는 정성이 깃들어 있다. 나는 그게 자랑스럽다.

2005년 6월 1일

공주수련
식목 시장 보고, 그 첫 번째

올해도 아사쿠사에서는 식목 시장이 열렸다. 6월 말 토요일에 한 번 더 개최되겠지만 그렇다고 화분 구입을 미룰 수야 없는 일이다.

간논우라観音裏 길을 따라 양쪽으로 빽빽이 화분이 늘어선다. 올해 5월의 특징은 감귤류가 많다는 점인데, 레몬이며 한라봉✔이며 시콰사가 도처에서 눈에 띄었다.

그건 그렇고 내가 구입한 식물은 전부 다 합쳐서 열두 종이다. 이제 한동안은 이 신입 그룹을 소개하게 될 것 같다.

우선 선두 타자는 공주수련이다.

과거에도 여러 번 공주 연꽃과 수련에 도전했으나 그때마다 실패를 거듭했다. 이들을 키우려면 물 관리에 능숙해야 하는데 그게 정말 어렵다. 그래서 최근 몇 년 동안은 아무리 갖고 싶어도 이를 악물고 참아 왔다.

✔ 일본에서는 '데코폰'이라고 부르며 한국에도 도입 시기에는 이 이름으로 불렸다.

2005년 봄

그런데 올해, 여느 때처럼 이를 악물고 공주수련을 바라보던 내게 포장마차 아저씨가 달콤한 말을 속삭인 것이다. "송사리랑 같이 기르시게."

나는 심하게 동요했다. 왜냐하면 실제로 베란다에서 송사리를 기르고 있었기 때문이다. 아저씨는 그 사실을 어떻게 안 거지? 송사리를 기르게 생긴 얼굴 같은 게 있는 건가.

망연한 내게 추격타가 날아왔다.

"송사리가 있으면 물이 저절로 움직이지 않나. 수련은 토분에 넣어 가라앉히기만 하면 돼. 우렁이까지 있으면 청소할 필요도 없고."

이 아저씨는 돗자리를 깔아야 할 판이다. 수초에 붙어 내 수조로 우렁이가 유입되었기 때문이다. 아니면 우렁이가 생기기 쉽게 생긴 얼굴도 있으려나.

여하튼 관상의 달인 앞에서 나는 다년간의 금지령을 풀지 않을 도리가 없었다. 집에 돌아오자마자 잽싸게 토분을 꺼내 그리로 공주수련을 옮긴 뒤 곧장 수조 안에 가라앉혔다. 이번에는 잘될 성싶다.

그러나 몇 분 지나지 않아 기겁했다. 무엇 때문인지 우렁이가 전멸한 것이다.

서둘러 식목 시장 현장으로 돌아가 금붕어 포장마차를 찾았다. 우렁이는 두 마리에 100엔이었다. 우렁이 따위를 돈 내고 사기에 이른 것이다.

아마 그 아저씨는 우렁이가 전멸할 것까지 꿰뚫어 보았음에 틀림없다. 그랬기에 금붕어 가게랑 연계 플레이까지 획책할 수 있었던 것 아니겠는가.

이 얼마나 무시무시한 식목 시장인가. 내 모든 걸 꿰뚫고 있다.

2005년 6월 8일

2005년 봄

2005년 여름

차

베란다 차밭의 꿈

식목 시장에서 사 온 것들 중에는 땅콩 모종, 꽈리고
추, 고비 등 식용 화분이 몇 개 있다.

뿐만 아니라 차나무도 한 그루 샀다. 작년에도 팔았던
것 같지만 그때는 마음이 동하지 않았다. 그랬는데 올해
갑자기 맹렬히 원하게 된 것이다.

텔레비전 광고 영향인 듯하다. 바야흐로 '차 전쟁'이
라 할 만큼 녹차 청량 음료 붐이 일어 요즘은 "인위적이
지 않은 차 맛이 좋다" 같은 광고를 종종 접한다.

그래서 그만 '나도 차를 만들 수 있지 않을까'라는 꿈
을 꾸게 된 것이다. 판매대에 올려진 차나무를 마주하자
그 꿈은 부풀대로 부풀었다.

새싹을 따면 맛이 부드럽겠지? 말려서 분말로 만들면
말차가 되는 거잖아. 줄기 부분도 줄기 차로 마실 수 있
을 거야. 길이가 50센티미터 정도에 불과한 차나무를 보
며 어느새 나만의 드넓은 차밭을 상상하기에 이르렀다.

차나무를 베란다로 들고 와 시간을 들여 정성껏 가지
치기를 해 줬다. 끄트머리가 시든 잎을 전부 잘라 내고

2005년 여름

남은 잎사귀 표면에 분무기로 물을 뿌려 윤을 냈다.

한 잎 한 잎이 다 차가 될 거라 생각하니 다른 화분을 대할 때와는 자세가 다를 수밖에 없었다.

열매가 꼭 하나 열린 것도 마음에 들었다. 차 열매는 한 번도 본 적이 없었다. 자그마한 열매 하나로 차를 내릴 수 있을 리 만무하건만 머릿속은 어느새 음미할 생각으로 가득 찼다.

수일간 차나무를 싹싹 정성 들여 닦다가 겨우 냉정을 얼마간 되찾고 인터넷으로 '차 만드는 법'을 검색했다.

"찐 찻잎을 문질러 비비며 말린다"가 기본이라 한다. 찌는 것까지야 찜기로 어찌어찌 할 수 있겠다 싶은데 문질러 비비는 작업은 좀체 상상이 되지 않았다. 갓 찐 뜨거운 찻잎을 양손으로 쥐거나 꾹꾹 눌러 주라는 걸까. 너무 어려울 것 같다.

이 지점에서야 나는 나 같은 완전 초보자가 차를 만들 수 있을 리 없다는 자명한 사실을 깨달았다.

"인위적이지 않은 차 맛이 좋다"고 광고한다고 해서 그게 누구나 찻잎 따는 것부터 차 내리기까지 직접 할 수 있다는 뜻은 아니니까.

현실을 직시한 순간 망연자실해졌다. 그러나 한번 붙은 기세를 완전히 억누르지는 못한 채 오늘도 적신 티슈로 찻잎을 훔쳐 낸다.

2005년 6월 15일

앤젤스트럼펫 2
넘을 수 없는 벽

작년 처음 꽃을 피운 앤젤스트럼펫이 올해는 2주도 넘게 계속 피어 있다.

꽃을 마주하고 있자니 기쁜 것은 사실이나 그런 가운데 심경이 복잡하기도 했다. 식물과 어울리기를 택한 이상 결코 떨쳐 낼 수 없는 기분이다.

작년에는 앤젤스트럼펫의 가지치기를 '겨울 끝자락'에 했다. 줄기에 바싹 붙여서 잘랐는데 그 덕인지 몇 년이나 잎만 나던 것에 꽃이 피었다.

그러나 그때부터 나는 가지치기를 언제 하는 게 좋을지 갈피를 잡지 못하게 되어 결국 손도 대지 않고 그대로 두었다. 그럼에도 앤젤스트럼펫은 피었다. 뿐만 아니라 화기도 늘었다.

간단히 정리하면 이렇다.

1) 가지치기를 했더니 꽃이 피었다.

2) 가지치기를 안 했는데도 꽃이 피었다.

그럼 이 두 사실에서 어떤 결론을 도출해야 할까.

일단 '한 번 가지치기를 했기 때문에 그 후로도 꽃이

2005년 여름

피게 되었다'고 생각해 봄 직하다. 그러나 '가지치기의 효과는 최대 2년'이라고 생각해 그것을 부정할 수도 있다. 그렇다면 가지치기를 하지 않는 한 내년에는 꽃이 안 피게 되는 것이다.

반대로 '가지치기를 알맞은 시기에 알맞은 정도로 해 주지 않으면 꽃이 피지 않는다'는 경고를 도출해야 할지 모르며 나아가 '서툴게 가지치기를 하면 식물이 아예 시들어 버린다'는 무서운 결론을 얻을 수도 있다. 그렇다면 가지치기를 하지 않는 편이 낫겠다 싶다.

또 '기본적으로 가지치기는 해 주어야 하지만 안 해도 꽃이 피는 경우가 있다'고 생각할 수도 있으며 '가지치기는 필요 없지만 해도 꽃은 핀다'는 생각도 가능하다. 이게 다 무슨 뒤죽박죽인가 싶겠지만 사실 원예서가 이런 식이다.

식물이란 기계와 달라서 '이렇게 하면 반드시 그렇게 된다'는 고정된 법칙이 없다. 올해 괜찮았다고 내년도 그럴 거란 보장은 없다. 반대로 올해 안 좋아도 내년은 괜찮을지 모른다. 원예란 거의 도박이나 마찬가지란 말이다.

우리 베란더는 가능한 한 그 사실을 부인하려 한다. 자신의 지식과 판단 그리고 노동으로 꽃을 피웠다고 믿고 싶기 때문이다.

앤젤스트럼펫이 꽃을 피운 원인을 나는 결국 알아낼

수 없을 것이다.

　이것이 인간과 식물 사이의 넘을 수 없는 벽이자 진리
라고 나는 생각한다.

2005년 6월 22일

2005년 여름

살구 3
불가능한 결과

올해 4월, 살구나무에 열매가 맺혔을 때의 일이다. 이 연재의 담당자가 여러 곳에 자문을 구하다가 농업 시험 센터인가 하는 곳에서 '열매는 곧 떨어질 것'이라고 했다는 이야기를 들었다고 한다.

애초에 명자 꽃가루로 살구 인공 수분을 했다는 것 자체를 이 농업 시험 센터라는 곳에서 상당히 의심스러워 했다고 한다. 그런 경우는 들은 바도 없고 가능하지도 않다면서.

이 보고를 팩스로 받아 보고서 내심 '흥' 했다. 불가능한 일이 태연자약하게 벌어지는 곳이 베란다계인데 뭘 모르는 소리 아닌가.

과연 살구에 관한 내 예측은 정확했다. 초록빛 열매가 나무에 튼튼히 매달렸고 기온 변화를 견디지 못해 떨어지는 일은 일어나지 않았다.

열매는 총 열세 개. 불안한 숫자긴 했지만 나는 예외 없이 모든 열매를 손가락으로 쓰다듬으며 잘 자라 주기를 기원했다.

그 바람을 들어주듯 처음에는 작은 매실 씨앗만 했던 열매가 두 달이 지나는 동안 커다란 매실 모양을 갖춰 제법 듬직해졌다. 제일 큰 열매의 직경은 4센티미터가 넘었다.

남은 문제는 색이 제대로 드느냐였는데 걱정하기 시작한 바로 그때부터 장마가 시작되었고 그와 함께 열매 표면이 연노랑으로 변했다. 다음 날에는 노랑에서 어렴풋이 오렌지빛에 가까워졌다.

며칠 사이에 살구는 흡사 지구에 서광이 비쳐 그 빛깔을 바꾸는 것처럼 열매의 곡면을 따라 단숨에 색이 짙어졌고 결국 전체가 살굿빛으로 물들었다.

열매가 슬슬 말랑해지는 기미를 띠었으니 수확이 늦어지면 허탕을 치게 될 것이었다. 나는 서둘러 마트에 가 과실주용 병과 가루 설탕, 소주를 조달해 왔다.

잼을 만들 양은 안 되고 먹어 버리면 그걸로 끝이다. 그러나 술을 담그면 언제든 살구 열매를 볼 수 있다.

그렇게 만반의 준비를 마친 뒤 베란다에 쭈그려 앉아 숨을 한 번 돌리고 열매를 따기 시작했다. 따는 걸 기다리기라도 한 듯 열매는 스스로 나무에서 툭 하고 떨어졌다. 전지 가위를 쓸 필요도 없었다.

모든 일이 이처럼 순탄할 수가 없다. 지금 병 속에는 살구들이 차곡차곡 들어차 있다. 나는 자꾸 구실을 만들어 어두운 곳에 넣어 둔 병을 꺼내 본다.

2005년 여름

화분에서 살구를 키워 훌륭히 수확까지 해냈다. 이렇게 상식은 또다시 타파된 것이다.

이 맛에 베란더를 한다.

2005년 6월 29일

공주수련 2
공존하지 않는 생명

수조에 송사리와 함께 넣어 뒀던 공주수련이 무시무시한 사건을 일으켰다.

수면에 떠 있던 둥근 잎이 하나씩 검어지더니 이내 질척질척하게 녹아 내리기 시작한 것이다. 그러나 당장 수조에서 공주수련을 꺼내야겠다고 생각하지는 않았다. 새 환경에 적응하면 곧 새 잎이 날 거라 생각했기 때문이다.

그래서 부패한 잎사귀들을 소독저로 집어 가까이 있던 계수 화분 표토에 섞어 넣었다. 비료가 되겠거니 생각했던 것이다.

그렇지만 공주수련은 좀처럼 환경에 적응하지 못했다. 순식간에 잎들이 썩어 수조에서 퀴퀴한 냄새가 나기 시작했다.

결국 송사리 한 마리가 배를 뒤집고 떠올랐다. 나는 말없이 소독저로 송사리를 건져 내 계수 화분에 묻었다. 그러면서도 여전히 수련과 송사리가 공존하는 극락과도 같은 수조를 꿈꾸었다. 그런 까닭에 이 사실을 도저히 받아들일 수가 없었다.

'송사리도 새로운 환경이 익숙하지 않은 게야.' 혼자 이렇게 생각했다. 꿈을 실현하는 문턱까지 왔다고 굳게 믿었다.

그러나 며칠 동안 공주수련의 잎 거의 전부가 썩었고 이제 진흙 속으로 엿보이는 새싹 하나만이 선명한 초록 빛을 띠고 있었다.

송사리는 매일 아침마다 한 마리씩 숨이 끊겨 이제 마지막 한 마리만 남았다. 비참하기 그지없는 상황이다.

이 지경이 되니 나도 현실을 받아들이지 않을 수가 없어 결국 수련과 송사리를 떼어 놓았다.

수조 물도 새로 채웠지만 다음 날 마지막 송사리 한 마리가 몸은 굳은 채로 물 위에 떠올랐다.

이리하여 꿈의 수조 안에 생물은 우렁이만 남은 한편 계수 화분은 완전히 송사리 무덤이 되었다.

속상하게도 작은 유리 화분에 분리해 둔 공주수련은 이내 생기를 되찾기 시작했다. 물 위로 내뻗은 새 잎사귀는 전혀 썩을 기미가 없다.

처음부터 이렇게 했더라면 공주수련도 송사리도 모두 건강하게 살지 않았을까 싶다.

내 몽상가 기질 때문에 오래 기르던 물고기들이 순식간에 전멸한 것이다. 냉혹한 연쇄살어連鎖殺漁 범인은 죄 없는 썩은 수련이었다.

이 일을 계기로 수련에 대한 패배 의식이 최고조에 달했다. 이번에도 시들면 두 번 다시 공주수련을 가까이하지 않으리. 목숨을 잃은 송사리 앞에서 다짐했다.

2005년 7월 6일

나팔꽃 2
신종인가 재래종인가

올해는 나팔꽃과 박꽃을 모종 상태로 발 빠르게 사 왔다. 이 박꽃 이야기와 사 온 적도 없는데 갑자기 나타난 메꽃 이야기는 다음번에 소개하기로 하고, 오늘은 나팔꽃 이야기를 쓰려 한다.↗

나팔꽃은 두 종류가 제각각 피기 시작했다.

하나는 식목 시장에서도 꽤나 많이 눈에 띄었던 "여러해살이, 씨 없음, 여러 송이의 큰 꽃"을 표방한 신종이고, 다른 하나는 원래 있던 재래종 나팔꽃이다.

그런데 이 신종이 상당히 놀랍다. '여러 송이'이므로 보통 나팔꽃처럼 덩굴 중간중간에 하나씩 꽃을 다는 게 아니라 여러 갈래로 뻗은 덩굴 끝에 여러 개의 꽃송이를 맺는다. 그것이 '큰 꽃'으로 피어나는데 아주 대놓고 화려하다.

게다가 내가 산 '케이프타운블루' 품종은 먼저 짙은

↗ 일본어로 나팔꽃은 朝顔(아사가오), 박꽃은 夜顔(요루가오), 메꽃은 昼顔(히루가오)로, 각각 아침, 밤, 한낮의 이름을 갖는다는 점에서 함께 연상되는 꽃들이다.

보라색으로 피었다가 해가 저물면 핑크빛으로 변하고 밤까지 꽃을 오므리지 않는다. 꽃이 피는 시간이 길뿐더러 색까지 변하는 기특한 나팔꽃인 것이다.

그리고 '여러해살이'에 '씨 없음'에서는 이제 나팔꽃에 대한 상식이 완전히 뒤집혔다고 해도 과언이 아니다. '꽃이 핀 뒤 씨앗 따는 게 더 힘들다'는 생각마저 들기 시작한 내 취향에는 딱 맞는다.

모종에 달린 표찰을 자세히 들여다보니 "메꽃과, 이포메아속"이라고 쓰여 있다. 나팔꽃을 한없이 닮은 메꽃이라는 뜻일까. 살짝 속은 기분도 들었지만 사실 나팔꽃은 모두 메꽃과에 속한다.

재래종 나팔꽃은 기본적으로 붉은색이고 바큇살 모양으로 흰색이 들어간다. 작은 편이기도 하고 정오가 조금 지나면 꽃이 닫혀서 허무하고 싱겁다.

신종 나팔꽃이 육식 동물스러운 역동성을 가진 것과 비교하면 인상이 너무 옅고 나약하지만 그게 바로 나팔꽃의 매력이라고 말하고 싶기도 하다.

아침 이슬처럼 어느 순간 사라져 버릴 것만 같은 꽃. 언제 떨어져도 이상하지 않은 덩굴. 그처럼 담백한 생명이 나팔꽃의 특징이며, 그런 주제에 여름이라는 잔혹한 계절에 정면으로 맞선다는 점이 우리의 마음을 설레게 한다.

……사실 나는 매일 스스로에게 이런 식으로 말하며

2005년 여름

재래종 나팔꽃 보기를 즐기려 문화적 노력을 기울였다. 자연스레 눈길은 화려한 신종 꽃으로만 가니 말이다.

인간은 알기 쉽고 편리한 것을 좋아한다. 이 습성이 누구보다 강한 내가 솔직히 우습다.

2005년 7월 13일

메꽃
메꽃의 출현

예고했던 메꽃 이야기를 해 보자.

5월에 나팔꽃과 박꽃을 손에 넣었으니 이제 메꽃만 있으면 되겠구나 싶었다. 베란다에 '아침, 점심, 저녁'의 '얼굴'들을 모아 놓고 싶어졌던 것이다.

하지만 눈을 부릅뜨고 식목 시장을 뒤져도 메꽃은 찾을 수가 없었다. 집 근처 꽃집을 엿봐도 메꽃은 없었다.

카드 게임에서 그럴 듯한 카드를 잡지 못했을 때와 비슷한 실망감을 느끼며 나는 '얼굴 모으기'를 포기했다. 아침, 저녁 페어로 만족하자고.

그런데 놀랍게도 6월 중순 사피니아 화분에서 꿈틀꿈틀 가느다란 덩굴이 뻗어 나왔다. 아무리 봐도 사피니아의 한 부분은 아니었다.

줄기 중간에 마침내 잎이 났다. 하트 모양이 너무나도 메꽃다운. 설마 싶었지만 일단 나팔꽃 따위를 키울 때 쓰는 격자형 보조 기구를 사피니아 화분에 세웠다.

덩굴은 격자를 휘감고 기어올라 메꽃다운 잎을 점점 더 늘려 가더니 어느 날 무심하게 분홍 꽃을 피웠다.

2005년 여름

바로 메꽃이었다.

바라 마지않던 메꽃이지만 어쩌다 나온 것인지 도무지 이해가 가지 않았다.

새가 씨앗을 옮겨 오는 베란다도 아니다. 분갈이하기전 사피니아 모종에 섞여 들었던 것이라면 화분 가운데에 더 가까운 부분에서 나타났어야 이치에 맞다.

그렇다면 옮겨 심을 때 흙에 숨어든 것이라고 볼 수밖에 없는데, 나는 분갈이용 흙을 큰 화분에 담아 놓고 쓰기 때문에 지난 1년가량 새 흙을 들인 적이 없다. 그 흙속에 메꽃 씨앗이 숨어 있었다면 작년에도 발아했어야말이 된다.

그래서 '일어날 리 없는 일이 일어난 것'이라고 결론내릴 수밖에 없었다. '아침, 점심, 저녁' 트리플이 맞춰진것은 기적이나 다름없다.

이럴 때 베란더는 어떤 태도를 가져야 할까? 집요히과학적 탐구를 계속할 것인가, 아니면 초자연 현상을 믿고 신에게 감사드릴 것인가.

그냥 입 다물고 물을 준다. 이게 정답 아닐지.

우리는 매번 놀라고 미소 짓고 고개를 갸웃거리면서도 물 주기를 멈추지 않는다.

2005년 구월 20일

월하미인 2, 바나나
베란다의 아열대화

올해 월하미인은 봉오리를 여섯 개나 맺었고 그 가운데 넷이 순조롭게 생육해 어느 날 밤 일제히 피었다.

죽 늘어선 커다란 하얀 꽃을 어둠 속에서 바라보고 있으니 환각의 세계에 와 있는 기분이다. 더욱이 짙은 향기가 바람을 타고 쉼 없이 방 안으로 흘러든다. 그야말로 극락 아닌가.

며칠 후 선배 베란더를 만나 엉겁결에 이 이야기를 하자 그는 "요 몇 년간 기온이 높았던 탓인지 월하미인이 피기 쉬워진 것 같아"라며 이치에 맞게 설명해 주었다.

정말로 지구 온난화나 열섬 현상으로 식물들의 상태가 변했을 가능성이 있다. 일본의 아열대화는 부정할 수 없는 현실이 되었으며 이상 기후는 베란다계에도 변화를 가져왔다.

실제로 내 베란다에서는 두 번째로 산 바나나가 이전과는 비교도 안 되는 속도로 잘 자라고 있다. 잎도 예전보다 도드라지게 넓다.

꽃집 앞에서 부겐빌레아나 히비스커스를 목격하는

2005년 여름

일도 잦아졌다. 몇 년 전이라면 상상조차 할 수 없었던 상품 구성이다.

이런 아열대 화초들이 도쿄까지 진출한 것은 품종 개량 덕일 거라고만 생각해 왔지만, 진짜 이유는 훨씬 심각한 사태에 뿌리내리고 있음에 틀림없다. 일본의 식물 사정이 피치 못하게 근본적인 변화를 맞이하고 있는 것이다.

국회에 쿨비즈cool-biz가 도입된 것과 꽃집 상품 구성이 변한 것은 별개의 사태가 아니다. 베란다에서 벌어지는 일들은 사소하지만 세계 그리고 지구의 변화와 직접적으로 연관되어 있다.

앞에서도 썼듯 나는 최대한 에어컨을 틀지 않고 생활한다. 여름에는 바지런히 길과 뜰에 물을 뿌린다. 이렇게 내가 할 수 있는 선에서 기후 변화에 저항하고 있지만 내가 그러든 말든 식물의 생태계가 변한다면 어쩔 도리는 없다.

베란다를 아열대화에 적응시킬 수밖에 없겠지. 나는 심각하게 그런 생각에 빠져들기 시작했다. 저항을 멈추지 않으면서 나름대로 즐길 수밖에 없다.

오늘도 마트 식물 매상에 간 나는 삭은 소철을 발견해 망설임 없이 구입했다. 분명 소철은 맹렬한 기세로 자랄 것이다.

나는 그 소철의 잎이 드리운 그늘에서 시원한 바람을

쐬게 될 터. 그것이 도쿄 베란다의 가까운 미래상이라면
내가 선도하겠다.

2005년 7월 27일

2005년 여름

꽈리고추
특별 상여

한여름의 도착을 앞두고 화분 위치를 바꿨고 분갈이
도 해 두었다.

본격적으로 여름이 오면 식물들에게 불필요한 부담
을 주는 일을 최대한 피해야 한다. 게다가 작업하는 나
부터 더위로 고생하게 될 거다. 그러니 해야 할 일은 장
마가 그치고 며칠 내에 마쳐 두는 게 상책이다.

그래서 버릴 화분을 몇 골라 옮기기 시작했다가 화분
밑에서 꼼지락거리는 공벌레 두 마리를 발견했다.

황급히 퇴로를 손으로 막은 다음 공처럼 둥글게 몸을
만 녀석들을 신중하게 포획했다. 예전에 "공벌레 따위
는 알 바 아니다"라고 쓴 적이 있긴 하지만, 이 녀석들이
흙을 비옥하게 해 줄 가능성이 있다는 사실을 알게 된
뒤에는 재회의 순간을 고대해 왔다.

그러나 공벌레는 도통 나타나지 않았다. 혹시 발견되
면 한데 모아 번식시켜 봐도 좋겠다는 궁리까지 했다.

그래서 이번에 녀석들을 동시에 여러 마리 발견한 것
이 내게는 무척 반길 만한 일이었다. 나는 뛸 듯이 기뻐

하며 두 마리를 꽈리고추가 자라고 있는 플랜터 안에 넣었다.

꽈리고추는 현재 베란다의 주목주株다. 잎에 해충도 생기지 않고 물을 넘치거나 부족하게 주어도 쉬이 약해지지 않는다. 그러다 새끼 손가락 끝 정도 되는 다섯 장의 작은 잎을 가진 꽃을 차례로 틔우고는 그대로 적당하게 열매를 맺었다. 누구에게나 추천하는 식물이다.

수확을 해도 꽈리고추가 잇따라 맺힌다. 볼 때마다 길게 자라고 통통하게 살이 올라 수확을 부추긴다. 일부러 따지 않고 놔두면 새빨갛게 변색돼 제법 고추다운 모습을 뽐내는 것 또한 흥미롭다.

요리에 쓰면 이게 또 은근 맵다. 여름철 식욕 부진에 즉효긴 한데, 솔직히 계속 먹어서 맛에는 물렸다. 그렇다곤 해도 수확 자체가 즐거우니 매일 꽈리고추를 점검한다.

기세 좋게 자라는 식물에 집중해 시선을 주는 것이야말로 베란더의 가장 심오한 경지다. 돌보는 재미가 있는 식물이 하나라도 있으면 폭염의 뙤약볕이 내리쬐는 베란다로 망설임 없이 나갈 수 있다.

올여름 그 막중한 임무를 담당해 주고 있는 주인공은 꽈리고추 되시겠다. 그를 위한 특별 상여가 바로 기다리고 기다린 공벌레 두 마리다.

2005년 8월 3일

2005년 여름

나팔꽃 3
다시 "여러해살이, 씨 없음, 여러 송이의 큰 꽃"

전에 의기양양하게 보고했던 "여러해살이, 씨 없음, 여러 송이의 큰 꽃"인 나팔꽃 말인데, 그 뒤 곧장 컨디션이 나빠졌다.

너무 높이 달린 잎은 물을 아무리 줘도 여전히 쪼그라들어 있고 '여러 송이의 큰 꽃' 봉오리는 하나도 맺히지 않게 된 것이다.

아래쪽 잎은 정상이라 줄기 어딘가에 상처가 났나 싶었지만 아무리 봐도 부러진 기색도 찢어진 곳도 없었다.

지지대를 너무 꽉 휘감아서 물을 빨아올리기 힘들어진 게 아닌가도 생각했으나 그런 자살 행위를 할 덩굴식물이 있을 리 없다.

결국 원인 불명인 채로 강한 생명력을 뽐내는 신종 나팔꽃의 '너무 높이 달린 잎'은 완전히 생명을 잃었다. 전부 시들어 버린 것이다.

크게 낙담한 나는 절망적인 상태에 빠진 나팔꽃을 한동안 뽑지 않고 놔두었다.

그런데 며칠 뒤 꽃집 앞에서 같은 나팔꽃, 더군다나

화분에 꽂아 둔 둥근 테를 타고 높이 자란 나팔꽃을 발견했다.

자칭 '류큐 나팔꽃'이라는데 내 눈을 속일 수는 없었다. 잎 모양이나 두께, 봉오리가 맺힌 방식, 덩굴 색과 두께를 보건대 틀림없이 '여러해살이, 씨 없음, 여러 송이의 큰 꽃' 그 녀석이었다. 뭐 녀석인지 아닌지는 그렇다 치고 아무튼 같은 나팔꽃이 분명했다.

그래서 바로 집어 들었다.

보통은 한 번 실패한 식물에는 당분간 손을 대지 않지만, 이름을 바꾸고 도주 중이던 범인과 맞닥뜨린 것만 같은 느낌에 충동질당한 것이다.

구입한 화분을 꼭 끌어안고 집으로 돌아가는 내 모습을 보았다면 누구나 지명 수배범을 체포한 성취감에 도취된 형사를 방불케 하는 안도감과 기쁨을 읽었으리라.

며칠 동안 분갈이를 하지 않고 포획한 화분이 안정을 취하길 기다렸다. 본 적 있는 큰 보라색 꽃이 피었다.

역시 그 녀석이 맞다. 자백이나 마찬가지다. 몰아붙이지 않고 친근하게 물 주기를 계속함으로써 스스로 정체를 밝히게 한 것이다. 나름 유능한 형사 아닌가.

그렇게 '여러해살이, 씨 없음, 여러 송이의 큰 꽃'은 다시금 내 베란다를 장식했다. 앞으로도 다정하게 물을 주고 녀석의 갱생을 지켜볼 셈이다.

2005년 8월 10일

2005년 여름

꽈리고추 2
열광의 끝

꽈리고추는 여전히 열매를 맺고 있다. 작은 잎은 해충에게 당하는 일 없이 쭉쭉 뻗고 하얀 꽃은 매일 새롭게 피며 꽃이 진 뒤에는 곧 열매를 맺는다.

이 주기가 주는 안정성이 든든하다. 게다가 녀석에게 딱히 좋은 자리를 준 것도 아니건만 일단 볕만 들면 거의 기계적으로 쑥쑥 열매를 생산해 나간다.

다만 앞서도 말했듯 내가 키운 꽈리고추는 상당히 매워 요리에 쓰자면 활용에 제약이 좀 따른다. 그러니 솔직히 말하면 이렇게 많이 열린들…… 하는 마음도 든다.

그래서 꽈리고추 하나에서 씨앗을 빼내 심어 보기로 했다. 식용 외의 활용이라는 의미에서는 기발했다.

꽈리고추는 이번에도 발군의 안정성을 보였다. 심은 지 사흘도 지나지 않아 흙을 비집고 싹이 트더니 쑥쑥 자라기 시작한 것이다.

나는 정말로 감탄했다. 꽈리고추 육성에 실패하기란 불가능한 일 아닌가라는 생각도 들었다. 심으면 싹이 난다. 나면 자란다. 자란 뒤에는 꽃을 피운다. 피우거든 열매 맺는다. 가히 이상적인 식물이다.

독자 여러분에게 "모두 꽈리고추를 키웁시다!"라고 목이 쉬도록 호소하고 싶어졌지만, 내가 사 온 모종이 좋았던 것일 뿐이라면 좀 그렇겠다는 생각이 들었다. 모종이 강인하니 씨도 강인한 것 아니겠는가.

일단 일반인도 꽈리고추를 키우기 쉬운지부터 입증해야겠다고 마음먹은 책임감 강한 나는, 마트에서 한 팩에 열 개 들어 있는 꽈리고추를 사 와 그 가운데 하나에서 씨앗을 빼 화분에 심었다.

그런데 이것도 대성공했다. 사흘도 지나지 않아 흙 위로 여러 개의 싹이 고개를 쳐든 것이다.

오랜 시간 베란다 원예를 해 왔지만 이토록 키우기 쉬운 데다 수확의 보람도 듬뿍 주는 식물은 드물다. 그러니 꽈리고추를 열광적으로 지지하겠다고 진심으로 맹세할 수밖에.

그런데 이제 베란다가 온통 꽈리고추투성이가 된 게 문제라면 문제다. 게다가 부엌에는 수확한 꽈리고추와 마트에서 사 온 나머지가 뒤섞여 뒹굴고 있다.

꽈리고추를 주식으로 삼거나 영세 농가가 되어 꽈리고추 판매 경로를 고민해야 할 지경이다.

2005년 8월 24일

2005년 여름

비눗방울나무

거저나 마찬가지

집 근처 백화점에 입점한 꽃집에서 '비눗방울나무'라는 표찰이 붙은 화분을 팔고 있었다.

매장 표찰을 읽어 보니 수액이 비눗방울 형태라는 모양이다. 잎은 부용을 닮은 것 같고 그 밖에는 이렇다 할 특징이 없다. 꽃이 필 기미도 전혀 없는 것이 아무리 봐도 영 볼품없다.

보자마자 팔 게 못 된다는 생각을 했다. 비눗방울부터가 쇠퇴 일로를 걷고 있는 형편이다. 현대인은 둥둥 공중을 떠다니는 그 덧없는 방울에 마음을 맡길 여유를 잃었기 때문이다.

세상이 이런데 비누를 안 쓰고 굳이 수액으로 비눗방울을 만들어 보겠다는 기특한 인간이 있을 리 만무하다.

예상대로 그 나무는 매일 오도카니 자리를 지키고 서 있었다. 오늘은 가게 앞, 조금 지나서는 가게 안, 조금 더 지나서는 다시 가게 앞…… 한 그루 비눗방울나무는 외로이 이동을 거듭했다.

가게에서는 자리 때문에 안 팔린다고 생각한 모양이

다. 비눗방울 자체에 대한 수요 혹은 수액으로 그걸 만드는 수고의 번거로움에 대해서는 인정하고 싶지 않은 거겠지.

2주 가까이 팔리지 않은 채 서 있는 비눗방울나무를 지켜보았더니 서글픈 기분이 들기 시작했다. 솔직히 나도 비눗방울에 흥미가 없다. 하지만 세상의 흐름에서 밀려난 화분의 모습이 애달파 보였다.

누가 사 간다면 그건 나뿐이겠지, 생각했다. 깊은 밤 문득 비눗방울나무를 떠올리고는 안절부절못하는 나날이 계속됐다. 지금 이 순간에도 비눗방울나무는 누구의 구매욕도 끌지 못한 채 매장 구석에서 내일을 기다리겠지 생각하니 쓸쓸해졌다.

그래서 나는 가격이 한참 떨어진 비눗방울나무를 샀다. 먼저 잎을 밑동에서 잘라 내 흘러나오는 수액을 빨대에 묻혀 불어 봤다. 비눗방울이 한 번 둥실 떠올랐지만 특별히 아름답거나 어떤 감흥을 주지는 않았다.

비누로 하는 편이 낫겠다.

비눗방울 외에는 그 어떤 즐거움도 주지 못하는 화분이니 기대도 전망도 없는 것은 당연하다. 그럼에도 나는 분갈이를 하고 정성껏 물을 주고 있다.

수입 업자에게 조용히 항의라도 하는 마음으로 나는 오늘도 열심히 화분을 돌본다.

2005년 8월 31일

2005년 여름

여름 막바지의 신원 미상자

늦더위가 기승이지만 베란다 화분 갈이에 열심인 제군을 보고 있노라니 이제 여름도 막바지인 듯하다.

모든 화분이 가혹한 더위와의 사투에 종지부를 찍고 가을로 향하기 직전 짧은 휴식기를 즐기고 있는 듯 보인다. 적어도 그런 느낌은 준다.

매일 물 주기에 신경을 기울여 온 나도 이 지점쯤 오니 한 번 숨을 가다듬고 싶다.

한여름에는 반나절 방심도 식물에게 치명적이다. 갈수를 방치하면 순식간에 뿌리가 시들어 죽을 수 있다. 여름 무더위는 흉기 그 자체다.

그렇지만 이제 안심해도 된다. 다소 잎이 시들하다고 황급히 물을 주지 않아도 된다. 베란더의 감일 뿐이지만 아무튼 그런 시기가 찾아왔다. 계절이 바뀐 것이다.

여름 동안 앞뒤 안 재고 물을 뿌려 댄 나는 이제 비로소 여유를 갖고 내 진지를 굽어본다. 그러자 필사적으로 물을 줬던 수십 개의 화분 가운데 출신을 알 수 없는 몇몇이 있음을 깨닫게 된다.

잘 알지도 못하면서 키우던 식물들, 여름의 힘겨운 사투 속에서 차별 없이 열심히 물을 주며 돌보았으나 냉정을 되찾고 보니 어디서 온 누군지 짐작조차 가지 않는 신원 미상자가 가득하다.

여름 새 쑥쑥 잘도 자랐다. 분명한 건 그것뿐이다. 그런데 대체 이것들은 무엇일까?

출신 미상 식물의 유형은 크게 두 가지다. 하나는 '점거형'인데 이런 식이다. 먼저 원래 기르던 식물이 죽는다. 그리고 그 뿌리 부근에서 새싹이 난다. '앗, 되살아났나' 하고 보면 잎 모양이 완전히 달라 혼란에 빠진다.

다른 하나는 바로 '부활형'이다. 기존 식물이 시든 지 얼마 안 되어 표토에서 새싹이 난다. 그런데 어느 정도 자란 상태로 식물을 사 오다 보니 싹일 때 모습이 어떤지 몰라 이 싹이 무슨 싹인지 알 수가 없다.

이렇게 수십 개의 화분 가운데서 신원 미상자가 속출한다. 누구인지 모르는 이상 함부로 다룰 수도 없는 노릇이라 어쨌든 정중한 태도를 유지할 수밖에 없다.

고개를 갸웃거리며 무럭무럭 자라는 신원 미상자에게 비료를 주곤 한다.

신기하게도 그런 식물일수록 수명도 길다. 뭐라고 불러야 할지도 정하지 못한 채, 까딱하면 몇 년씩이나 그들과 고락을 함께하게 된다.

2005년 9월 구일

2005년 여름

사피니아

지지 않는 꽃

사피니아가 담긴 작은 화분을 사 온 게 4월이었던 것 같다. 처음에는 별다른 기대가 없었다. 딸린 표찰에 '산토리'라고 쓰여 있는 게 재밌었을 따름이다. 찾아보니 이 주류 회사가 1989년 사피니아를 출시했다고 한다. 헤이세이 원년생 신종이다.✔

5월 말에는 이미 형광색을 띤 자홍빛 꽃이 만개했다. 그리고 9월인 지금까지도 여전히 이울지 않고 피어 있다. 이처럼 긴 화기를 가진 점은 확실히 인상적이다.

연녹색 잎은 이미 화분 밖으로 떨어져 콘크리트 위에 늘어졌다. 그럼에도 꽃은 차례로 피어나, 조금 시들한가 하면 새로 피고 마침내 시들었나 싶어도 다음 꽃이 배턴 터치를 한다.

워낙 오래 피어 있다 보니 그만 둔감해져 '아, 베란다에 뭔가 활짝 필 만한 꽃 없나' 탄식하곤 한다.

✔ 원래 주류 회사로 알려진 산토리는 1989년(헤이세이 원년)부터 화훼 사업을 시작했고, 이때 페튜니아를 개량한 사피니아를 일본 최초의 브랜드 모종으로 출시했다.

그러나 충분히 피어 있지 않은가. 사피니아가 매일같이 분투하고 있으니. 게다가 타고난 강인한 생명력 덕에 시들 걱정도 일절 없다. 정녕 우수한 꽃이다.

그 우수한 꽃의 꿋꿋한 노력을 자꾸 잊어버린다. 사람을 평가할 때도 흔히 그렇지 않은가. 항상 성과를 내는 노력파는 당연히 잘하겠거니 여긴다. 오히려 보통 때는 특별히 일다운 일을 하지 않던 사람이 어느 날 노력을 기울이면 눈에 들어온다.

지금 내 베란다에서는 말리가 그렇다. 전혀 필 것 같지 않던 시기에 갑자기 꽃을 피운 말리에게 애정을 쏟게 되고 괜히 물도 더 주게 된다.

그리고 닷새에 한 번꼴이나 될까, '아 사피니아도 피어 있었지' 하며 깨닫는다. 해도 너무하지 않은가. 선연한 자홍색 꽃잎을 흔한 풀잎 취급한 셈이라 사피니아에게 면목이 없다. 그러나 때론 조화가 아닐까 무심결에 의심하게 된다.

항상 꽃이 덧없다고 불만스러워하는 주제에 강인한 꽃에 감사할 줄 모르는 건 너무 방자한 것 아닌가. 생떼가 따로 없다.

그런데 사피니아의 화기는 언제쯤 끝나는 걸까.

2005년 9월 14일

2005년 여름

2005년 가을

싸리

풍류의 대가

마트 안쪽에 있는 단골 원예 코너에 들렀는데 싸리가
진열되어 있었다.

가을에는 역시 싸리다. 특히 그 자그마한 꽃이 좋다.
아무리 많이 피어도 더부룩하지 않기 때문이다.

또 나무가 풀 줄기를 떠올리게 할 만큼 가늘다. 게다
가 탄력이 풍부해 미미한 바람에도 흔들리는 모습이 상
쾌함을 가져다준다.

싸리잎은 곧장 줄기에서 나는 게 아니다. 그 둥그스름
한 잎은 길고 가느다란 잎자루 끄트머리에 난다. 꽃도
나무의 중심에서 멀리 흩어져 핀다.

그래서인지 싸리는 전체적으로 통풍이 좋아 보인다.
뿔뿔이 거리를 둔 부분들이 모여 이루어진 식물이라 괜
히 쓸쓸해 보이기도 한다.

나는 매년 가을이 되면 싸리를 사고 어김없이 고사시
킨다. 그러나 도무지 지칠 줄을 모른다. 기어코 원하게
된다.

그리하여 올해도 싸리를 들이기로 결심했다. 화분 세

2005년 가을

개 가운데 어느 것을 고를지 고민하고 있는데, 벌 한 마리가 날아와 그중 하나의 꿀을 빨기 시작했다.

곤충이 고른 싸리라면 개중 더 오래 버텨 주겠거니 싶어 벌이 열심히 붙들고 늘어진 화분을 집어 들었다. 풍류를 아는 취향이라고나 할까.

그러나 풍류를 관철하는 데는 약간의 인내가 필요했다. 벌은 도통 도망칠 기색을 보이지 않았고, 이제는 내 것이 되었는데도 싸리 곁을 떠나려 하지 않았다.

그대로 자동문을 열고 계산대로 가면 가게에 민폐가 된다. 나는 벌이 노동을 마치기를 기다리기로 했다. 그러자 이번에는 모기가 몇 마리 날아와 반바지 차림의 내 정강이를 노리기 시작했다.

화분을 들고 있어 손으로 모기를 쫓을 수도 없었다. 어쩔 수 없이 오른발로 왼발을 차고 왼발로 오른발을 차는 동작을 반복해야 했다. 벌은 내 눈앞에서 한가로이 쪽쪽 꿀을 빨고 있었다. 쏘이기는 싫어 양팔을 가능한 한 쭉 뻗었다.

선반 뒤로 숨어 내 쪽을 가만히 엿보는 아주머니와 눈을 마주쳤다. 아주머니는 못 볼 꼴을 본 듯한 눈빛을 하고 있었다.

요상한 꼬락서니인 건 분명했다. 싸리를 멀찍이 든 채로 꼼짝 않고 서서 정강이를 번갈아 차고 있었으니.

이번 싸리는 시들지 않으면 좋겠다. 그러고도 5분 넘

게 사람들의 호기심 어린 눈길을 견디며 다리를 계속 차
야 했기 때문이다. 부디 장생으로 이 노력에 보답해 주
길 바랄 뿐이다.

2005년 9월 21일

2005년 가을

박꽃
바람을 맞고 피는 꽃

여름이 한창일 때 박꽃 상태가 안 좋아졌다. 파릇파릇 무성해야 할 잎은 시간이 아무리 지나도 늘지 않았고, 그 가운데 몇 장은 누렇게 변해 버렸으며, 더 이상 갈 데가 없을 만큼 뻗어 나가리라 기대했던 덩굴은 꿋꿋하게 좀처럼 진지를 확장하지 않았다.

원래는 작년 본가에서 본 새하얀 박꽃에 매료되었다. 우산처럼 생긴 박꽃은 바람이 불 때마다 조금씩 피어났고, 마지막 힘찬 바람 한 번에 활짝 피었다.

이처럼 꽃을 피우는 모습을 보면 바람의 힘으로 둥지를 짓는 거미나 바람을 타고 나는 잠자리를 떠올리게 된다. 식물 이상의 능력을 느끼게 된다. 개화가 그냥 일어나는 현상이 아니라 지혜가 깃든 행위처럼 여겨진다.

그래서 작년 여름 막바지에 부모님과 함께 땅거미 내릴 때쯤 한데 모여 목을 빼고 개화를 지켜봤다. 한두 개가 아닌 봉오리를 분담해 감시하며 바람이 불 때마다 "여기 조금 열렸다"나 "한 번만 더 불면 이 꽃은 완전히 피겠는걸"이라고 하며 서로에게 알려 줬다.

꽃을 바라보는 것과 바람을 기다리는 것이 이윽고 한 몸이 되어 자연 그 자체에 녹아드는 기분이었다. 그 가득했던 감흥을 지금껏 잊지 못하고 있다.

그 때문에 내 베란다에도 박꽃을 들였지만 서쪽 베란다의 환경이 나빴는지 앞서 말한 것처럼 우리 집 박꽃은 전혀 자라려 하지 않았고, 나는 개화를 거의 포기하고 있었다.

그러다가 어제 봉오리가 맺힌 걸 발견했다. 어째 묘한 혹 같은 것이 생겼네 했더니, 그 혹 가운데가 갈라져 우산처럼 접혀 있던 초록색 꽃이 일직선으로 비어져 나온 것이다. 이내 순백으로 피어날 것이 분명했다.

내 빈곤한 필력으로는 그 감동이 얼마나 컸는지 채 형용하지 못하겠다. 박꽃은 빈사 상태다. 줄기는 발육 부진이며 잎 수도 너무 적다. 그럼에도 녀석은 어디에 그런 힘을 감추고 있었는지 개화 준비를 시작했다. 아마도 꽃이 지면 그대로 시들어 버릴 것 같다.

일찌감치 저녁 무렵부터 밤에 나가 볼 일이 있다는 생각에 초조해졌다.

바람을 맞고 피는 꽃을 나는 간병하듯 지켜보고 있다. 땅거미 지는 가운데서 환호성을 외치고 싶다.

2005년 9월 28일

2005년 가을

부용
실감 안 나는 만개

지금까지 나는 부용을 사다가 개화시키는 데 실패하기를 여러 번 반복했다. 줄기 꼭대기에 맺힌 단단한 봉오리가 그대로 변색되다가 결국 져 버리곤 했다.

원래부터 생명력이 강한 식물이다 보니 잎은 대체로 건강해 보여 한층 더 맥이 풀린다. 작년에 처음으로 기적같이 꽃이 피었지만 작고 화기도 짧았다. 아직도 그 패배 의식을 극복하지 못하고 있다.

무척 좋아하는 꽃이다. 파란색 계열 꽃에 약한 편이라 가까운 길가에서 개화를 목격할 때마다 넋을 잃고 쳐다보곤 한다. 그러다가 베란다의 부용을 떠올리면 항상 씁쓸한 기분이 든다.

그 때문에 이번에 부용이 봉오리를 맺었을 때도 나는 기대하지 않았다. 언제나 그랬듯 나를 낙담시키겠거니 체념하고 있었던 것이다.

그런데 봉오리에서 분출하듯 핑크빛 꽃잎이 부풀어 올랐다. 설마……? 싶었지만 우선 마음을 가라앉혔다. 그 상태로 꽃이 시드는 경우도 있기 때문이다. 피어도 너무 작지 않을까. 괜한 기대를 걸면 정신적인 데미지도 크기 마련이다.

부용은 눈앞에서 벌어지는 일을 부정하는 내 소극성에 아랑곳하지 않고 부드러운 꽃잎을 적극적으로 펼치기 시작했다. 이리 보고 저리 봐도 활짝 피었건만 여전히 나는 반신반의했다. 이상한 꿈이라도 꾸고 있는 건가 싶을 지경이었다.

차례차례 봉오리가 솟아올라 마침내 만개 상태가 되었다. 그제야 볼을 꼬집는 심정으로 부용꽃을 만져 보았다. 감촉은 매끄러웠고 수분도 함빡 머금고 있었다.

오랜 실패 체험은 나를 지독히 위축시켰다. '핀 게 분명해!' 자기 설득이 필요했다. '흠잡을 데 없이 활짝 피었어, 두려워할 필요 없어, 이제는 낙담할 일 없을 거야.' 나는 주문을 외듯 자신을 안심시켰다.

오늘도 부용은 피어 있다. 잠에서 깨면 나는 커튼을 열고 이 개화가 현실임을 다시 확인한다. 베란다에 나가 꽃잎을 만져 보고 이게 꿈이 아님을 재차 확인한다.

긴 베란더 생활이 발목을 잡기도 한다. 나는 부용은 원래 활짝 피지 않는다는 편견에 사로잡혀 모처럼 핀 꽃을 온전히 즐기지 못하고 있다.

실감할 새도 없이 부용이 진다.

2005년 10월 5일

2005년 가을

수초

저주의 사자, 수초

공주수련과 송사리는 공존할 수 없다는 걸 안 지 딱 3개월 만이다. 기억하는 독자도 있겠지만 3개월 전 수조에서 둘을 함께 키우기 시작하자마자 송사리들이 맥을 못 추고 줄지어 죽어 갔다. 때문에 나는 공주수련을 수조에서 분리해야 했다.

불행 중 다행은 그때 다른 어항에서 송사리 치어들을 키우고 있었다는 사실이다. 성어에 가까운 건 두 마리뿐이었지만, 나는 그 새 생명들을 공주수련의 저주에서 풀려난 수조로 옮겨 다시 정성껏 키우기 시작했다.

그러나 공주수련은 여전히 가련한 물고기들을 저주하고 있었다. 이번에는 공주수련 화분에 떠 있던 수초가 문제를 일으켰다.

쌀알보다도 작은 수초를 나는 가벼이 여겼고 '이 또한 식물의 하나'라고 반기며 수조 속에 남겨 두었다. 초록빛이 선명한 수초는 처음에는 둥실둥실 떠다니는 게 제법 감상할 맛이 났다. 그 아래를 헤엄치는 송사리들도 시원해 보여 꽤나 만족스러웠다.

그런데 어느 시기부터 수초가 기하급수적으로 늘더니 순식간에 수면을 완전히 뒤덮었다.

수조 곳곳에 이끼가 끼기 시작해 송사리의 생존을 확인하려면 위에서 내려다볼 수밖에 없었다. 그런데 설상가상으로 수면이 빼곡한 수초에 뒤덮인 것이다.

속이 전혀 보이지 않게 됐다. 송사리가 살아 있는지 알 수 없는 상태로 나는 며칠에 한 번씩 사료를 수초 위로 뿌리고 막대기로 휘휘 저었다.

사료가 가라앉는 건 어찌어찌 보이긴 하는데 정작 송사리 상태는 알 수 없다. 만약 송사리가 전멸했다면 당연히 사료 주기는 무의미한 행위가 된다. 아니, 그 이전에 보이지도 않는 송사리를 기른다는 것부터가 무의미하다.

그동안 수초는 더욱 급격히 분열해 층을 하나 더 만들었고 융단마냥 두툼해졌다. 불길하기 짝이 없었다.

더는 참을 수 없어 수초를 철저히 제거하기로 결심했고, 오늘 수조 청소를 마친 참이다. 감사하게도 2개월 가까이 모습을 볼 수 없었던 송사리들은 발육 부진이긴 했으나 살아 있었다.

공주수련과 송사리는 공존하지 못한다. 이건 내가 깨달은 절대적 진실이다. 공주수련은 수초를 사자로 보내 송사리에게 저주를 건 것이다.

2005년 10월 12일

2005년 가을

바나나 2
바나나와 나의 영토 문제

매일같이 선선한 날이 계속되고 있다.

덕분에 난감한 일이 생겼다.

여름에 입하한 바나나를 어쩔 것이냐는 커다란 문제에 맞닥뜨린 것이다.

바나나와는 두 번째 만남이고 이번에는 베란다에서 키우고 있다.

더불어 이사하기 전 맨션에서 기른 첫 바나나는 실내에 두었다가 한 2년 만에 시들었다. 그때 베란다가 좁긴 했지만 넓은 창문이 남향으로 나 있어 많은 화분을 온갖 가구 위에 듬직하게 올려놓을 수 있었다.

그러다가 북향 집으로 옮기면서 복수의 베란다를 얻었다. 새 집에서는 실내에 둘 화분을 최소화하고 나머지는 모두 베란다로 내보냈다.

두 번째 바나나도 물론 바깥에서 키웠다. 바람을 맞힌게 생육에는 이로웠는지 바나나는 예전보다 튼튼하게 자랐다. 넓게 펼쳐진 잎이 다른 식물들 위를 덮어 곤란할 정도였다.

그러나 일본이 아무리 아열대화되고 있어도 가을은 가을인 모양이다. 기온이 점점 떨어지자 나는 부쩍부쩍 불안해졌다.

과연 바나나가 가을을, 나아가 다가올 겨울을 실외에서 견뎌 낼 수 있을까.

저번처럼 실내로 들이면 간단하기야 간단하다. 그러나 지금의 방 배치에서는 그럴 여유가 없다.

작은 화분 하나 놓을 자리도 없는 데다 바나나는 직경 1미터를 넘을 기세로 우거지고 있었다.

이렇게 되도록 부추긴 건 결국 나다. 비료를 듬뿍 주고 북향이라고는 해도 오전에는 빛이 잘 드는 편인 특별석에 바나나 화분을 두었던 것이다. 덕분에 바나나 잎은 거대한 새의 날개를 방불케 할 만큼 쑥쑥 자랐다.

유일한 가용 공간은 서재 한복판이다. 다만 거기에 바나나를 놓으면 나는 곁방살이 신세가 될 터이다. 자라나는 잎에 방해되지 않도록 책상을 밀고 책장도 옮겨 놓은 후 방 한구석에서 바지런히 글을 쓰는 것이다.

두레박에 감겨 물 얻어 마시는 수준이 아니다.✎ 서재는 더 이상 서재가 아니라 온실과 다를 바 없어지고 나

✎ 가가노 지요조加賀千代女, 1703~1775의 하이쿠 「나팔꽃」을 인용한 표현이다. 원문은 "나팔꽃이여, 두레박 감겨 있어 얻어 마신 물"朝顔やつるべ取られてもらひ水로, 지은이는 두레박에 덩굴을 감아 물을 마시는 나팔꽃에 자신을 빗대고 있다.

2005년 가을

는 바나나용 온실에 세 든 채로 매일 일과에 매진하는 신세가 될 것이다.

이대로 바나나를 고사시킬지 방을 식물에게 내주고 고난의 생활을 보낼지. 그것이 지금 내가 선택해야 할 문제다.

2005년 10월 19일

박꽃 2
부끄러워하는 박꽃

박꽃이 끝까지 피어나는 순간을 결국 보지 못했다. 박꽃은 이미 크고 윤기가 도는 씨앗을 준비하기 시작했다. 꽃은 끝났다.

나는 할 수 있는 한 최선을 다했다. 다음 날 필 것 같은 봉오리가 있고 나 역시 재택 근무인 운 좋은 날 저녁에는 몇 시간씩 박꽃을 돌봤다.

벌어지기 시작한 봉오리를 발견한 어느 날에는 베란다에서 팔짱 낀 채 한참 버텨 서 있기도 했다. 그러나 미풍이 불어도 꽃은 좀처럼 열릴 기미가 없었다. 시간을 유의미하게 쓰려고 저녁 물 주기를 시작했고 다른 베란다에도 가서 임무를 수행했다.

슬슬 반쯤은 벌어졌겠지 기대하며 돌아왔는데, 날 가지고 노는 건지 박꽃은 이미 완전히 피어 있었다. 겨우 5분 남짓한 새 나를 제쳐 놓고 피어 버린 것이다.

그다음 날에는 봉오리 두 개가 거의 열릴 기미였다. 이번에는 절대로 놓치지 않겠다고 다짐하며 베란다에 의자를 가져다 놓고 잠복 근무라도 하듯 박꽃을 감시하

2005년 가을

기 시작했다.

허나 개화할 움직임이 전혀 보이지 않았다. 바람이 불 때마다 눈을 크게 떴지만 꽃은 미동조차 하지 않았다.

인간의 집중력은 그리 오래 지속되지 않는다. 15분 이상 노려보던 나는 당초의 각오를 잊고 목마름을 달래려 주방으로 향했다. 차갑게 식힌 차를 꿀꺽꿀꺽 마시고 담배도 피운 뒤 베란다로 돌아왔다.

그새 꽃이 완전히 피어나 있었다. 두 송이 다.

이게 말이나 되는 일인가. 내가 자리를 뜰 때까지 꽃은 조금도 필 기미를 보이지 않았다. 그랬는데 겨우 2분 남짓한 사이에 피어 버리다니?

의도적이라 생각할 수밖에 없었다. 우리 집 박꽃은 피는 모습을 인간에게 보여 주길 부끄러워해 내가 사라지는 걸 기다렸다가 서둘러 꽃을 피운 것이다.

이후로도 박꽃은 계속 부끄러움을 탔다. 한번은 커튼 뒤에 숨어 개화를 훔쳐보려고도 했다. 그래도 내가 허점을 보일 때까지 박꽃은 결코 피지 않았다.

이런 이유로 포기한 것이다. 꽃이 그렇게까지 부끄러움을 탄다면 그냥 내버려 두자고 마음을 고쳐먹었다. 그날부터 그저 이미 핀 꽃을 즐기는 데 만족하기로 했다. 그게 우리 집 박꽃의 개성이니 어쩌겠는가.

2005년 10월 26일

비눗방울나무 2
애정의 역전

여름 말미에 입수한 비눗방울나무에 관해 나는 당시 "비눗방울 외에는 그 어떤 즐거움도 주지 못하는 화분이니 기대도 전망도 없"다고 썼다.

안 팔리는 화분을 사람 하나 돕는다는 마음으로 사 왔을 뿐이다.

그런 까닭에 일단 어중간하게 작은 화분에 비눗방울나무를 분갈이했다. 한정된 베란다 면적을 비눗방울나무에 낭비할 마음은 없었기 때문이다.

물 주기도 다른 화분에 비해 대충 했다. 화분이 넘칠 정도로 주었으면 좋았을 텐데 그만 성가셔서 표면을 적시는 정도에 그쳤다.

내가 생각해도 인정머리 없는 태도지만, 화분에 대한 애정에는 아무래도 차이가 생기기 마련이어서, 앞으로 꽃을 피울 식물은 주의 깊게 보살피고 아무리 지나도 꽃이 필 것 같지 않은 식물은 나도 모르게 소홀히 대하게 된다.

그리하여 내 베란다에서 가장 부당한 대우를 받게 된

2005년 가을

것이 저 비눗방울나무였다.

　그러나 불우한 처지에 놓인 비눗방울나무는 물이 좀 부족해도 풀 죽지 않고 음지에서 무럭무럭 자랐다. 아무리 애정이 부족해도 녀석은 의기소침한 기색은 눈곱만큼도 보이지 않은 채 구김살 없이 우거져 가기만 했다.

　그 모습을 보면서 나는 차츰 짠한 마음을 품게 되었다. 정이 들어 버린 것이다. 마지못해 데려온 유기견이 엄청나게 나를 따르며 매일같이 진하고도 일방적인 애정을 보이는 상황 같다고나 할까.

　나는 비눗방울나무에 대한 그간의 헤아릴 수 없는 차별 대우를 반성하고 불만 한마디 없는 그 참을성을 상찬하게 되었다.

　이제는 베란다의 모든 식물 가운데 가장 열등하게 여겼던 비눗방울나무를 제일 총애하고 있다. 다른 어떤 화분보다도 자주 눈길을 보내고 물도 듬뿍 준다.

　잠깐 지켜 서 있기만 해도 위쪽에 잔뜩 달린 작은 손바닥 모양의 연녹색 잎들이 활짝 펼쳐지는 것을 볼 수 있는 이 나무는, 키도 쑥쑥 자라 이제 화분의 여섯 배는 됨 직하다.

　언젠가 꽃이 피지 않을까, 나는 비눗방울나무에 쓸데없는 기대와 전망까지 품는 지경에 이르렀다. 이렇듯 키우는 쪽은 항상 타산적이기 마련이다.

2005년 11월 2일

시든 나무에 물 주는 습관

자라는 것이 있으면 시드는 것도 있기 마련이다.

예를 들어 나를 우쭐하게 했던 계수나무도 지금은 그저 나무 토막에 불과하다. 언젠가 잎이 검게 변하기 시작하더니 손 쓸 새도 없이 시들어 버렸다.

삼색버들도 시든 지 오래다. 작은 잎부터 쪼그라들더니 순식간에 잎 전부가 파삭하게 말라 버렸다.

단풍철쭉은 거의 하룻밤 사이에 시들어 버린 듯하다. 전날까지 멀쩡하던 잎이 밤을 경계로 다갈색으로 변색된 것이다.

차나무도 지금은 가련한 몰골이다. 몇 안 되는 잎 주위가 시들기 시작한 것을 보고 서둘러 그 잎을 뜯어냈지만 뒤늦은 조치였다. 남은 잎도 차례로 같은 증상을 보였고, 이윽고 모든 잎이 잡아 뜯을 필요도 없게 스스로 낱낱이 떨어졌다.

흔적조차 남기지 않고 시들어 버린 식물도 있다. 남겨진 것은 흙이 담긴 화분뿐. 예전에 무언가가 심겨 있었다는 기억만이 희미하게 남아 있다.

2005년 가을

이처럼 시든 게 명백해도 그 화분을 곧장 처분하지 못한다.

성격 탓인지 습관인지 모르겠지만 만에 하나 뿌리가 살아 있다면 되살아날 수도 있다고 생각하는 것이다. 다시 싹을 틔울지도 모를 식물을 함부로 내버리는 것이 나는 두렵다.

이렇게 좀처럼 포기하지 못하는 나는 나무 토막으로 변한 계수에도 물을 조금 준다.

바싹 마른 삼색버들에도, 줄기가 짙은 갈색으로 물든 단풍철쭉에도, 한 톨의 생명력도 느껴지지 않는 차나무에도 겉치레일 뿐인 물 주기를 한다.

그리고 어처구니없지만 이젠 흙밖에 남지 않은 화분에도 마찬가지로 조금이나마 물을 흘려 준다.

이 악습관이 반년 넘게 간다. 말하자면 나는 식물의 죽음을 천천히 받아들인 끝에 마침내 체념하고는 화분을 정리하는 것이다.

올해도 슬슬 체념의 시기가 다가왔다. 진즉에 당도해 있던 죽음을 일거에 인정해야 하는 쓸쓸한 때가.

2005년 11월 9일

올리브
해충 육성

올리브나무를 키운 지 이제 얼마나 됐을까.

아무튼 꽤 오래 어울려 지내고 있다.

따뜻한 지역에서 자란다는 인상이 짙은 식물이지만, 매년 건강하게 월동을 거듭해 어느 해엔가는 직경 수 밀리미터의 하얀 꽃을 두 송이 피웠다.

아쉽게도 열매를 맺지는 못했으나 내겐 꽃만으로도 충분했다. 무엇보다 상록인 것이 든든한데, 솔방울 조각을 닮은 자그마한 잎은 한 번도 시든 적이 없다.

그렇게 어느새 키가 2미터를 넘긴 올리브를 나는 각별히 아낀다.

그런데 며칠 전 그렇게 좋아하는 올리브잎이 벌레에게 파먹히고 있는 것을 발견했다.

피해 입은 부분은 아직 전체의 3분의 1 정도였지만, 벌레는 잎 표면을 무작위로 갉아먹고 투명한 조직만을 남겨 놓았다. 돼먹지 못한 식사 매너 아닌가!

나는 격렬한 분노에 불타 바람 방향은 아랑곳하지 않고 마구잡이로 살충제를 뿌려 댔다.

2005년 가을

잠시 후에 보니 축 늘어진 작은 애벌레가 제가 뽑은 실을 붙들고 올리브에 매달려 있었다. 연녹색을 띤 벌레였다.

이성을 잃은 나는 그 해충을 향해 또 한 번 살충제를 뿌렸다. 분사의 기세에 벌레는 대롱대롱 흔들렸다.

그 순간 망설임이 생겨났다. 벌레가 조만간 번데기가 되어 나방이나 비슷한 무언가로 변태하는 모습이 내 뇌리를 스친 것이다. 즉 나는 올리브 열매를 딸 것인지 벌레의 성장을 관찰할 것인지 중대한 기로에 서게 되었다.

이것이 베란더로서 내 무른 부분임은 충분히 인지하고 있다. 그러나 상대는 한 번도 본 적 없는 생명체 아닌가. 아는 벌레라면 적당히 처리하겠지만 모르기 때문에 호기심이 인다.

나는 자신에게 절충안을 제안했다. 그리고 그 제안에 쌍수를 들어 찬성했다. 먼저 아직 약을 뿌리지 않은 나무의 끄트머리를 꺾는다. 그러곤 그 끝에 이 벌레 한 마리를 얹어 격리하는 것이다.

올리브를 구하는 동시에 벌레도 키워 보겠다는 심산이다. 베란더로서 탈선이긴 하지만.

2005년 11월 16일

석남 2
새로운 석남에 대해

지금 동쪽 베란다에는 석남이 있다. 딱 2주 전에 사 온 새 화분이다.

작년 이 무렵에도 석남을 샀다. 경위는 앞에서 소개한 대로인데, 나는 원예 매장에서 한 할머니와 만났고 당시에는 그를 스승이라고까지 우러렀다.

스승에 대한 존경의 마음을 품고 석남을 정성껏 키웠다. 그러나 그가 알려 준 석남 고르기의 요체에 해당했던 잎 중앙의 봉오리는 도무지 변화를 보이지 않았다.

겨울이 끝나고 봄도 금방 지나 초여름에 다가서자 그제야 봉오리가 활동을 시작했다. 살짝 솟아올라 단단한 비늘에 싸인 듯했던 봉오리가 마침내 몸을 이완시킨 것이다.

스승을 믿고 반년을 버틴 나는 안도의 숨을 내쉬고 석남의 웅장한 자태를 즐길 개화의 순간을 기다렸다.

그러나 겨우 열린 봉오리는 꽃이 되지 않았다. 어찌된 영문인지 봉오리를 이루던 모든 잎이 서양 장검처럼 길고 넓적한 모양의 누런 잎으로 변해 버린 것이다.

2005년 가을

나는 어안이 벙벙해졌다. 스승님은 분명히 이 봉오리가 꽃이 된다고 말했다. 비둘기를 꺼내는 마술을 보여 준다고 해 후한 값을 치렀더니 목각 새를 꺼내 보인 셈이다. 재미가 없어도 정도껏이어야 할 것 아닌가.

게다가 누런빛의 잎들은 얼마 지나지 않아 시들었다. 남은 건 살 때와 조금도 다르지 않은 석남이었다. 정말이지 실속 없는 마술 아닌가. 반년 넘게 공을 들여 무얼 키운 걸까. 허망한 의문이 나를 덮쳤다. 스승이여, 왜 나를 속이셨나이까.

당연히 그간의 열정은 자취를 감췄다. 스승을 향한 존경이 폭락하는 것에 비례해 석남이 받는 대우도 소홀해졌고 이내 아예 시들었다.

그리고 올겨울. 또다시 원예 매장에서 석남과 조우했다. 가까이에 할머니도 없었다. 이번에는 기필코!

나는 자력으로 봉오리가 일곱 개나 되는 화분을 골라 열심히 돌보기 시작했다. 이러고도 내년에 같은 일이 반복된다면 스승의 명예만큼은 회복되리라. 문제는 내 실력이지 그의 감식안이 아니라는 얘기가 될 테니.

2005년 11월 30일

2005년 겨울

등나무 2
계절을 앞지르다

노래진 등나무잎이 하나도 남김없이 베란다에 떨어졌다. 12월 1일의 일이었다.

내게는 이날이 바로 겨울의 시작이었다. 같은 일이 11월에 일어났어도 이렇게 말했을 터. 내 베란다는 등나무가 완전히 시드는 순간부터 겨울이다.

왜냐하면 고목이 된 등나무의 전지를 생각해야 하기 때문이다. 다음 해 봄에 등나무가 꽃을 피울 수 있도록 준비하다 보면 겨울이 다가왔음을 한층 생생히 실감하게 된다.

이처럼 베란더에게 계절은 하나의 연속체. 식물과 접촉이 없는 사람들에게 겨울은 그냥 겨울일 뿐이다. 히터를 준비하거나 두꺼운 코트를 새로 갖출 생각 정도만 하면 된다.

우리의 사고 방식은 완전히 다르다. 겨울은 다음 봄을 위해 존재하는 계절이므로 꽃이 흐드러질 그날을 상상하며 쉬지 않고 부단히 노력을 기울여야 한다.

베란더는 언제나 눈앞의 계절을 감당하는 동시에 한

2005년 겨울

걸음 앞의 계절 또한 염두에 둔다. 뒤집어 말하면 한 걸음 앞의 계절이 있기에 지금 이 계절을 한층 소중하게 느낀다.

자기는 당분간 죽을 일이 없다는 전제에서 비롯하는 감각일지도 모른다. 그러나 베란더는 만약 자기가 죽는다 해도 꽃은 피길 바란다. 참 기묘한 마음 아닌가.

우리는 계절을 앞질러 식물에게 미래의 생을 투사한다. 그러하기에 할 수 있는 일은 해 두려 한다.

이는 아이를 향한 부모의 마음과는 다르다. 우리는 식물을 키움으로써 자신의 죽음에 대한 인식에서 오는 고독을 회피하는 것일지도 모른다. 즉 다음 계절에 필 꽃을 우리 생명의 일부분처럼 느끼고 싶은 것이다. 생명의 투영이라고나 할까.

이런 이유로 나는 내 생명이 투영된 등나무에서 내년에 꽃이 필 새로운 가지를 열심히 찾았다.

그러나 안타깝게도 가늘고 짧은 줄기 하나만 빼고 모든 가지가 시들어 버렸다…… 내년에 등나무는 생명을 이어 가지 못하리라.

고대하던 봄의 도래가 겨울을 한 걸음 앞두고 무너져 내린 것이다!

등나무가 투영의 대상이 되어 줄 수 없으니 나는 독신자로 살아갈 수밖에 없다.

2005년 12월 7일

꽈리고추 3
꽈리고추의 붉은 잎

꽈리고추 이야기도 이걸로 세 번째다.

저번에는 직접 수확한 꽈리고추와 마트산 꽈리고추에서 씨앗을 채취해 심어 본 경험에 대해 썼고 둘 다 싹이 났다는 게 결론이었다.

그러나 내 육성법이 잘못되었는지 새 꽈리고추는 이내 시들고 말았다. 아직까지 건강한 녀석은 결국 가장 먼저 들인 한 그루뿐이다.

그런데 이 한 그루가 단연 훌륭하다. 겨울이 되었는데도 열매 맺길 멈추지 않는다.

여름과 가을을 거쳐 겨울이 왔는데도 계속 열매가 열렸으니 당연히 봄에도 열매를 맺으리라. 1년 내내 열매 생산이 이루어진다니, 말만 들어선 선뜻 믿어지지 않을 것이다. 기적의 식물이라 해도 과언이 아니다.

다만 지금은 열매가 붉다. 폭염 때는 대부분 초록색에 윤기가 흘렀다. 아주 가끔 붉게 변색되는 것이 있어 돌연변이라고 생각했건만, 가을을 맞이할 무렵부터는 그런 붉은 열매가 눈에 띄게 불어났다. 그리고 이제 열매

2005년 겨울

란 열매는 온통 붉다.

오랫동안 원인을 알 수 없었다. 돌연변이설만으로는 설명할 수 없어 보였다. 기온이 떨어지면서 꽈리고추 열매는 점점 더 붉어졌다.

지난주에야 그것이 단풍이라는 걸 깨달았다. 요즘 컨디션이 나빠져 잎이 시들시들한 단풍나무에 마음을 쓰던 중에 문득 꽈리고추의 붉음이 시야에 들어온 것이다.

단풍나무는 붉게 물들지 않는다. 꽈리고추는 붉다. 이 단순한 대비를 여태 연결 지어 생각하지 못했다. 눈치채고 보니 정말 간단한 결론이었다. 내 베란다에서 유일하게 단풍 든 화분이 꽈리고추였던 것이다.

가느다란 진녹색 잎이 우거진 가운데 점점이 새빨간 열매가 맺히는 모습에 나는 넋을 잃고 빠져들었다. 단풍이 든 걸 깨닫지 못하고 꽈리고추를 수확의 대상으로만 여겼던 나는, 조급한 수확을 그만두고 이제야 녀석의 아름다움을 찬찬히 음미하게 되었다.

붉은 열매는 가만히 두면 쭈글쭈글해진다. 그러나 공기가 찬 베란다에서는 그 여위어 가는 모습도 나름 흥취의 대상이 된다. 곁에서는 윤기가 도는 새 열매가 열리니 영고성쇠의 진리를 일깨우기까지 한다.

2005년 12월 14일

수국 3
식물형 알람

계절에는 맞지 않지만 수국이 영 마음에 걸렸다.

격세유전이 시작된 수국의 동그스름한 잎이 적당히 무성해진 참이었다. 물 부족에 한없이 취약해 금세 시들어 버리는 그 녀석 말이다.

시드는 게 가여워 다른 어느 화분보다도 먼저 물을 주어 왔다.

나도 이게 부조리한 습관임을 모르지 않는다. 대단한 꽃을 피우는 것도 아닌데 왜 겨울이 되어서도 여전히 정성으로 이 녀석을 돌보고 있는 걸까.

특히 겨울에는 베란다에 나오는 횟수를 가급적 줄이고 싶다. 대개의 화분은 추위를 많이 타는 내게 협조적이어서 물 보채는 일 없이 그럭저럭 잘 견디고 있다.

그런데 수국은 다르다. 금방 우는소리를 낸다.

덕분에 나는 수국의 노예가 되어 '내일은 내다 버릴 테다, 모레는 정말 갖다 버릴 거야'라고 혼자 다짐하며 보람 없는 물 주기를 매일 이어 가고 있다.

내 처지가 너무 한심하게 느껴져 어제부터 수국을 '물

2005년 겨울

주기 알람'이라 생각하기로 했다. 수국이 시들면 다른 화분도 잠재적 물 부족 상태인 셈이니 수국이 물 주기 타이밍을 알려 주는 것이라고 말이다.

수국이 식물이라 여기니 부조리하게 느껴지지, 아예 최신형 '물 주기 알람'이라고 생각해 버리면 분할 일도 없다.

모습은 식물이어도 사실 기계인 것이다. 더군다나 동력원이 물이니 환경 친화적이기도 하다.

오늘도 수국형 알람은 기세 좋게 시들어 있다.

2005년 12월 21일

시클라멘
사랑스러움을 거스르지 못하고

바깥 세상은 신년이라고 하니, 올해도 두루 좋은 한 해 되시기를 바란다.

그러나 베란더는 여유롭게 조니雜煮↙나 먹고 있을 수 없다. 정월 따위 식물이 알 바는 아니니 말이다.

녀석들은 오늘도 물에 갈급해하며, 겨울에는 겨울용 화분도 준비해야 한다. 우리는 언제나 바쁘다.

정석은 시클라멘, 포인세티아, 글라디올러스, 복수초 같은 구근계 식물일 테지만, 앞의 두 종은 특히 여성적인 느낌이라 남자 원예가가 사기는 좀 그렇다.

그렇지만 정석은 정석이라 키우기도 쉬운 데다 마침 전성기여서 망설이게 된다. 작년 말에도 어떤 교외 농장에서 꽤나 고심한 적이 있다.

나는 꽃을 좋아하니 포인세티아는 포기하기 쉬웠다. 문제는 시클라멘이었는데, 익히 알려져 있듯 꽃은 부족함 없이 핀다. 플라밍고 목처럼 올라온 봉오리에는 이내

↙ 정월에 먹는 일본식 떡국.

2005년 겨울

물이 들고, 꽃잎은 생명력 넘치게 역방향으로 튀어 올라 사랑스럽기 그지없다.

키우기도 간단해서 집에 화분 하나만 있으면 원예 생활이 윤택해진다. 봄이 올 때까지 꽃과 함께 지낼 수 있는 것이다.

그러나 다소 사모님 취향이란 인상이 있다. 나는 가게 앞에 늘어선 시클라멘을 앞에 두고 한참 오락가락했다.

그때 구원의 손길이 내려왔다. 이상할 정도로 작은 시클라멘을 발견한 것이다. 화분 크기는 겨우 소주잔만 했지만 모양은 완전한 시클라멘이었다.

일반적인 미니 시클라멘을 들어 비교해 보니 두 화분이 부모와 자식처럼 보였다. '이거 괜찮네'라고 생각했다. 소품 느낌이랄까. 둘 다 사서 집으로 돌아왔다.

거실 선반 위에 두 화분을 올려놓고 빠져들 듯이 응시했다. 워낙 둘 다 작았지만 대비가 되니 큰 쪽은 거대해 보이고 작은 쪽은 좁쌀만 하게 느껴졌다. 이런 착시감이 별것도 아닌데 재밌어서 시간 가는 줄 모르고 시클라멘을 바라보았다.

그러나 결과적으로는 취향이 아니라며 멀리하던 시클라멘 화분을 둘 늘린 것일 뿐이다.

2006년 1월 11일

바나나 3, 파리고추 4
위기에 저항하는 생명

작년 말의 강풍으로 화분 두 개가 차마 쳐다볼 수도 없을 정도로 무참한 꼴이 되었다.

며칠이고 사납게 불어닥치던 차가운 바람은 우선 바나나를 괴멸시켰다. 넓게 펼쳐진 잎은 갈기갈기 찢겨 총채 꼴이 되어 버렸다.

남쪽 섬에서도 그런 광경이 종종 눈에 띈다. 거스르기 힘든 바람에 맞서 바나나잎은 솔선해 찢기며 풍압을 낮춰 줄기가 부러지지 않게 한다.

여기서 열대 식물의 지혜를 느끼지 않을 수 없긴 하지만, 그렇더라도 베란다에서는 보기 드문 일이다.

또 하나 강풍 피해를 직격으로 맞은 것이 파리고추다. 작고 부드러운 잎이 구깃구깃 뭉쳐져서 수분을 잃고 파삭파삭하게 말랐다.

이리저리 불어 대던 바람이 잎사귀를 사방팔방으로 꺾어 놓은 결과, 잎맥이 너덜너덜하게 끊어진 것이다. 실제로 피해 직후 유심히 관찰해 보니 서투르게 종이 접기를 한 것처럼 잎에 수많은 접힌 자국이 남아 있었다.

2005년 겨울

한편에서 강풍을 견뎌 낸 화분들이 태평히 자라고 있기도 하니, 이 점에서는 바람과 식물의 상성을 생각해 보지 않을 수 없다.

바나나와 꽈리고추는 바람에 맞서 잎을 희생시키는 식물인 듯하다. 그렇게 함으로써 다른 부분을 지키는 전략인 것이다. 다른 식물은 설령 줄기가 꺾일지라도 잎을 내주지 않는다. 남은 잎이 있으면 거기 의지해 살아 내려 한다.

과연 어느 쪽 식물이 바람에 강하다고 해야 할지는 나도 잘 모르겠다. 무엇보다 아무리 봐도 바람에 익숙할 것 같은 바나나가 큰 부상에서 회복하지 못한 채 검게 변색하고 있기 때문이다. 꽈리고추도 다음 잎을 내지 않고 있다.

적어도 이들은 환경 변화에 다양한 방어책을 취하는 셈이고, 돌발적인 사태가 일어날 때까지 우리는 그 천변만화를 채 깨달을 수 없다. 언뜻 다 같은 식물로 보여도 위기를 마주하면 차이를 드러낸다.

그것이 생생한 생명의 모습으로 다가온다. 강풍 같은 현상을 통해 평소에는 조용했던 식물이 살아남기 위한 발버둥질을 시작한다. 생을 향한 집착이 명확해진다.

바나나도 꽈리고추도 그대로 방치해 뒀다. 일부가 썩는다 해도 그 또한 전략일지 모르며 이는 곧 생명의 발버둥이기 때문이다. 황량해진 베란다는 동시에 위기로

부터 다시 일어서려는 생명력으로 가득하기도 하다. 그
렇게 믿고 싶다.

2006년 1월 18일

2005년 겨울

민트
모든 싹은 사랑스럽다

작년에 얻은 민트가 어느새 거의 시들어 새끼 쥐의 꼬리처럼 작은 싹만 남았다. 구근에서 슬쩍 비어져 나온 싹은 이루 말할 수 없이 사랑스럽다.

원래는 길이가 수십 센티미터에 달하고 맹렬히 잎을 늘려 가고 있었다. 가루를 뿌린 것처럼 하얗고 작은 꽃이 핀 적도 있다.

그러나 당시에는 눈엣가시였다. 잎이 금방 말라 지곤 하는 데다 앙칼지게 생겨 도통 애정을 기울일 수 없었던 것이다. 향기만큼은 상쾌하다지만 그밖에는 어느 모로 보나 잡초와 마찬가지여서 키우는 기쁨이 없었다.

그러던 게 싹이 하나만 남고 보니 달라졌다. 분갈이를 해 주지 않아 커다란 화분에 담겨 있는데 거기 자그마한 싹이 나와 있으니 부조리한 느낌이 든다. 그래서 어떻게든 원래 모습으로 돌려놓고 싶어진다.

원래 모습을 좋아했던 것도 아니면서 나는 이제 민트 싹을 귀하게 다룬다. 물 주기에 신경을 기울이는 한편 세찬 바람이 들지 않는 자리에 재배치하고 다른 화분보다 먼저 상태를 살핀다.

잘 자란들 잡초나 마찬가지인 식물이다. 끝이 어떻게 날지를 생각하면 애정을 느낄 수 없으나 아무래도 싹을 보니 키우고 싶다. 아이가 귀여운 것과 같은 이치일까. 가냘프되 성장의 가능성을 품은 싹은 억누르기 힘든 '육성욕'을 부글부글 끓어오르게 만든다.

허브의 싹은 대개 흙 위에서 잠들어 버린다. 물 준 후에 특히 그런데 자칫 썩을 가능성이 있다. 그래서 나는 민트 싹을 나무 젓가락으로 지지해 주고 조금 떨어진 곳에 영양제를 꽂아(가까우면 너무 자극적일 수 있다) 적당한 에너지를 보급해 줌으로써 만반의 돌봄 태세를 갖추었다.

겨울인 현재, 싹은 특별한 성장세를 보이지 않고 있다. 그러나 미래를 품은 싹을 보호하고 있다는 생각만으로도 내 베란다 생활에 기분 좋은 긴장이 충전되어 자칫 늘어지기 쉬운 계절을 지낼 용기가 솟아난다.

봄이 올 때까지 힘내자. 이 겨울만 나면 싹은 알아서 쑥쑥 자란다. 침묵하고 있는 뿌리에서 새로운 아이들이 뛰쳐나와 나를 열광시킬 것임에 틀림없다.

그리고 녀석들은 못생긴 잡초가 된다.

그 무렵이면 나는 돌봄이 지긋지긋해져서 또 시들게 만들 것이다.

2006년 1월 25일

2005년 겨울

튤립
올해는 구근이 아니라

노란 튤립. 이 꽃이 한 달간 동쪽 베란다에 피어 있다.

원래는 봄꽃인데 특수한 기술 덕에 겨울 동안, 그것도 최장 2개월간이나 피어 있을 거라 한다. 이름하여 크리스마스 튤립이라고.

나는 이 품종을 분갈이된 상태로 발견해 곧장 사 왔다. 겨울에 튤립을, 그것도 장기간 즐길 수 있다니 얼마나 기분 좋은 일인가.

구근 상태일 때부터 키우는 건 보통 일이 아니다. 직립의 자태가 갸륵한 식물이거늘 우리 집에서는 대개 해가 뜨는 방향으로 줄기가 휘어 버린다. 머리에 햇빛이 닿지 않기 때문일 테지만 아무튼 튤립의 의의가 무색해진다. 유치원이나 초등 학교에서 종종 구근을 심어 보게 하는 튤립이건만 베란다에서는 의외로 고전하게 된다.

또 대개의 꽃은 피어도 화기가 그리 길지 않고 꽃잎이 이내 비틀어져 아래를 향하다가 사르르 떨어져 버린다. 그런 만큼 여운이 없고 고생한 보람도 작다.

그래도 나는 몇 번인가 튤립 구근을 사다 심었다.

특히 이 시기 구근은 듬직하다. 여기저기서 잎이 민둥산이 되는 가운데 확실히 무언가를 키우고 있는 기분이 들게 해 주는 생명의 덩어리다.

딱 봐서는 흙뿐이다. 남 보기엔 살풍경하기 짝이 없을 테지만 내 머릿속에는 또렷하게 봄의 예상도가 떠올라 있다.

그러므로 나는 있지도 않은 환상의 꽃을 향해 물을 준다. 사실은 흙덩이에 물을 뿌리고 있을 뿐이다. 그래도 안에 구근이 있는 것과 없는 것은 천지차이다. 구근은 달콤한 꿈을 꾸게 해 주는 마술적 존재인 것이다.

그리고 진짜 봄이 오면 꿈은 깨지고 구근은 별 볼 일 없는 현실로 다가온다. 예컨대 맥없이 휜 줄기가 그렇고 금방 떨어지는 꽃이 그렇다. 겨울에 그리던 미래와는 꽤나 차이가 있다.

이 격차를 충분히 아는 내게는 이번 겨울의 튤립 분갈이가 무엇보다 중하다. 섣부른 환상보다 눈앞의 사실을. 찰나를 좇는다는 소리를 들어도 괜찮다. 내일을 향한 노력도 중요하지만 오늘의 꽃은 더욱 중요하다.

나는 조금 타락했다.

2006년 2월 1일

2005년 겨울

수선화
낯모를 이에게 문병 가다

베란다에 나팔수선화가 더해졌다.

항상 가는 마트 원예 매장에서 사 온 화분이다.

매장에는 그밖에도 오브코니카, 시네라리아, 수양매 등이 있었지만 어떤 계기가 내 등을 떠밀었다.

예순은 됨 직한 아저씨였다.

두꺼운 점퍼를 껴입은 아저씨의 검게 탄 얼굴에는 깊은 주름이 새겨져 있었다. 거친 손으로 보아 긴 세월 육체 노동을 해 온 듯했다.

그런 아저씨가 가만히 수선화 앞에 서서 화분을 들었다가 표정을 굳히기를 거듭하고 있었다.

화분 밑에서 떨어진 물방울이 바지를 적셔도 아저씨는 아랑곳 않고 수선화의 값어치를 감정했다. 뜻을 정했다는 듯 지갑을 꺼내 안에 든 동전을 한 손에 전부 쏟았다. 동전 몇 개가 발 앞에 떨어졌다. 돈을 주워 380엔이 있는 것을 확인한 아저씨는 수선화를 소중히 들고 계산대로 향했다.

식물을 사는 데 익숙지 않은 것이 분명했다. 그럼에도

아저씨는 다른 식물에는 눈길도 주지 않았다.

자기를 위해 산 게 아니겠지. 집에 가져갈 선물일지도 모른다.

어쩌면…… 아내의 병문안 가는 길이 아닐까. 수선화의 정결함은 다소곳한 병실 침대와 잘 어울린다. 오브코니카나 시네라리아, 수양매는 별로다.

언젠가 필 노란 꽃은 수줍은 희망을 느끼게 한다. 우뚝 선 잎과 줄기 또한 사랑하는 사람의 쾌유를 기원하는 마음과 닮았다.

틀림없이 병문안이라고 넘겨짚은 나는 멋대로 감동했다. 부인께서 모쪼록 병에 지지 마시길. 이렇게 기원하고는 수선화를 고른 아저씨의 감각이 내포한 뿌리 깊은 애정에 숙연해졌다.

진실을 확인할 수단은 없지만 사람이 풍기는 분위기와 꽃의 조합에서 많은 걸 느낄 수 있다. 아마도 거의 비슷한 사정일 것이다.

그래서 나는 나대로 병문안을 가고 싶어졌다. 병실이 어딘지는 모른다. 그러므로 내 베란다에서 수선화 꽃을 피우는 것이 낯모를 이를 향한 기도가 되는 셈이다.

아, 그러나 분갈이라는 행위에 병문안에는 부적절한 '뿌리내림'의 뜻이 있다는 걸 깜빡했다.

망상으로 또 화분을 늘려 버렸다.

2006년 2월 8일

2005년 겨울

복수초
개화를 앞두고

겨울의 지루함을 견디려 산 복수초가 엄지 손가락만 한 봉오리 끝을 조심스레 벌리기 시작했다. 손바닥으로 가려지는 작은 화분 중앙에 초록빛을 머금은 노란 꽃의 조짐이 있다.

아직 빼곡하게 포개져 있어서 색도 또렷하지 않은 꽃의 끄트머리가 세상에 모습을 드러낼 기회를 가만히 엿보고 있는 것만 같아 눈을 뗄 수가 없다.

핀 꽃도 좋지만 그 직전 상태는 스릴이 있어 매력적이다. 축적된 생명력이 폭발하려는 찰나. 일기가성一気呵成으로 피어나는 순간을 은근히 기대하며 기다린다.

복수초는 특히 그 직전의 기간이 긴 탓에 보는 쪽은 애를 태우며 매일을 보낸다. 인간에 빗대자면 난산형이다. 새로운 생명의 탄생은 간단한 일이 아니다. 봉오리는 제 속으로 조용히 힘을 주고 있는 것이다.

뿌리가 영양을 쉼 없이 올려 보내고 대기가 적절한 온도가 된 순간 기적이 일어난다.

그러나 아직은 그 시기가 아니다. 내 베란다의 복수초

는 한창 숨을 들이마시는 중이다. 분만을 기다리는 남편이라도 된 것처럼 나는 어찌할 바를 몰라 하며 서성거리고, 변화가 없는지 숨죽여 기다릴 뿐이다.

기대와 걱정에 사로잡힌 내 입장에는 아랑곳없이 벌어진 봉오리 끝에서 엿보이는 노란색이 선연하다.

워낙 겨울 베란다가 터무니없이 추우니 색의 존재 자체가 귀하다. 설령 멀리 떨어져 있어도 복수초의 노란색은 반드시 시야 안으로 뛰어들어 온다.

손톱보다도 작은 크기의 노랑. 그것이 항상 눈길 끝에 비친다. 그때마다 철렁한다.

색이란 것이 이토록 강렬한 현상이었던가. 나는 인식을 새로이 할 수밖에 없다.

생각해 보면 벌레도 새도 멀리서부터 찾아와 꽃이나 열매를 발견한다. 향기와 마찬가지로 색 그 자체의 힘이 그들을 불러들이는 것이다. 녀석들의 부연 시야 속에 한 점 화려한 색이 도드라진다. 녹색과 흙색뿐인 베란다라면 더더군다나 그렇다.

개화를 목전에 둔 작은 복수초를 마주하고서 나는 이처럼 난산이 어떻고 색은 어떻다며 요란을 떨고 있다. 이제 실제로 피고 나면 한층 소란스러워지리라.

다 겨울 탓이다. 겨울 베란다에서는 사소한 일도 일대 사건이 된다.

2006년 2월 15일

2005년 겨울

겨울의 끝과 공명하다

이틀쯤 따듯한 날이 이어졌더니 두꺼운 다운 재킷을 입고 있는 게 어딘가 바보스러운 꼴이 되었다. 그다음으로는 꽃샘 추위가 찾아왔으니, 이제 우리는 겨울이 정점을 지났음을 안다.

우리 몸에는 따뜻했던 이틀간의 기억이 침전되어 있다. 그것이 저절로 근육 안쪽서부터 경계가 풀리고 팬스레 기분이 들뜨는 까닭이다.

베란다에서는 많은 나무에 싹이 나고 있다. 빛나는 하얀 털에 감싸인 목련 싹, 단단하고 작게 조여져 튀어나온 살구나무 싹, 밥알처럼 달라붙은 등나무 싹.

겨우내 천천히 맺힌 싹은 어느 것이나 변함없이 자리를 지키고 있다. 그러나 그들 또한 알아차렸을 것이다. 사소한 온도 차를 예민하게 읽어 겨울의 끝을 탐지했음에 틀림없다.

그래서 물을 주며 싹이란 싹 모두에 눈짓을 하고 싶은 마음이 든다. 다들 입을 다물고 있지만 나도 감 잡았다고. 오는 거잖아? 그게 오고 너희는 일제히 세상을 녹색으로 넘쳐흐르게 하겠지. 그래, 봄, 봄이 온다!

당연히 싹은 침묵을 지킨다. 1밀리미터도 성장하지 않고 한 단계 더 따뜻한 기후의 도래를 기다릴 따름이다. 그러나 그 조용한 내부에 격류가 일기 시작했음을 나는 안다.

시들었던 나무가, 가지가 들끓는다. 이제 동면은 끝났다. 추위를 견디는 시간이 지나가고 식물들은 짐짓 시치미를 떼며 느릿느릿 일어나고 있는 것이다.

오랫동안 베란다에서 식물을 기르다 보면 이 변화를 자연스레 알게 된다. 눈으로 보기에는 전혀 차이가 없지만 마치 소리가 들리는 것처럼 식물들의 눈뜸을 느낄 수 있다.

공명 현상 같은 것일지도 모른다. 내 몸속에서 무언가가 봄을 그리며 눈떠 들끓는 것이다. 식물 또한 그러한 기류를 체감하는 것 아닐까. 동물과 식물이 공명하기 시작하는 순간, 그것이 겨울의 끝이자 봄의 시작이다.

나는 지금 식물과 함께 계절의 끄트머리를 만끽하고 있다.

그들과 함께하지 않았다면 이 기쁨은 없었다.

2006년 2월 22일

2005년 겨울

2006년 봄

베란다 폭발

복숭아를 발견했다.

접목으로 삼색 꽃을 피운 녀석이 1,750엔.

빨간 꽃이 벌써 몇 송이 피어 있고 핑크빛 봉오리가 차례를 기다리며 볼록하게 부풀어 있다. 남은 꽃은 아직 단단한 봉오리 속에 숨어 있지만 시치미를 뚝 떼고 모두 피어 흐드러지면 필시 화려하리라.

가지들은 아래로 둥글게 휘어들어 있고 봉오리는 솜털을 방불케 하는 저 복숭아 화분을 마주하고 나는 곧장 구입을 결정했다. 이미 베란다에는 화분을 놓을 자리조차 찾을 수 없는 게 현실이건만, 봄을 코앞에 두고 시작된 조증을 억누를 길이 없다.

복숭아 화분을 들고 원예 코너를 의기양양하게 지나는 내 눈에 들어온 화분이 또 있었으니 그것은 매화였다. 가지에 빼곡한 연지색 봉오리 끝으로 연분홍 꽃이 보인다. 가격은 1,300엔.

둘 곳이 없다고 스스로에게 말해 보기는 했지만, 복숭아꽃이 저물 때 매화가 배턴 터치를 해 주리라는 상상에

2006년 봄

설득력이 있었다. 결국 이것도 사 버렸다.

양손에 화분을 들고 계산대 방향으로 걸어가는데 이번에는 벚나무가 나타났다. 높이 약 1미터에 봉오리는 작은데 그게 잎이 될지 꽃이 될지 짐작조차 가지 않았다. 그래도 왕벚나무가 650엔이라면 손을 뻗지 않을 도리가 없다.

복숭아꽃이 피고 매화가 핀 다음 벚꽃이 피는 베란다. 이거면 4월까지 스케줄을 거의 다 채웠다고 해도 과언이 아니다.

다만 집에 돌아와 보니 정말로 놓을 자리가 하나도 없었다. 한정된 면적을 통탄할 따름이다! 결국 화분 셋을 골라 잠시 방 안에 들일 수밖에 없게 되었다.

실내에서 나무 나부랭이를 키울 수는 없는 노릇이니어서 뭐가 됐든 버려야만 한다. 하지만 무엇을 골라야 할지가 어렵다.

저 화분을 이리 가져오고 이 화분을 한 치수 작게 분갈이하고…… 나는 머릿속에서 필사적으로 정리를 계속했다. 그래도 폭발할 듯한 베란다의 현 상황을 타파할 묘안은 떠오르지 않았다.

들떠서 너무 사들였어!

응보가 따랐고 나는 외통수에 몰렸다. 어쩌면 좋을까.

2006년 3월 1일

민트 2
만반의 돌봄 태세

올해 1월에 민트 싹 이야기를 썼다.

시든 나무의 구근에서 호리호리한 싹이 "슬쩍 비어져 나"왔다는 얘기였다.

당시 나는 "만반의 돌봄 태세"라고까지 말했다. 그리고 실제로 매일 그 한 그루 싹에 애정을 쏟고 아껴 왔다.

그러던 2월 중순. 언제나처럼 민트 싹을 쥐고 가볍게 쓰다듬고 있는데, 툭 하는 작은 소리가 났다.

망연해진 내 손끝에는 뿌리를 떠난 가느다란 싹이 축 늘어진 채 매달려 있었다. 애정이 지나친 나머지 너무 힘이 들어가 소중한 싹을 뽑아 버린 것이다.

눈앞이 깜깜해졌다. 하필이면 내 손으로 민트를 다치게 할 줄은 상상도 못 했다.

1분가량 나는 같은 자세로, 즉 오른손 손끝에 민트 싹을 늘어뜨린 채로 베란다에 멀뚱히 서 있었다. 그런 나를 건너편 빌딩 위에서 까마귀가 내려다보고 있었던 것이 묘하게 기억에 남는다. 나는 시간을 잊고 그 이상한 분위기 속에 둥둥 떠 있었던 것 같다.

2006년 봄

이윽고 정신을 차린 나는 서둘러 방 안으로 돌아와 작은 유리컵을 찾았다. 거기에 물을 붓고 민트 싹을 얹었다. 구급 대원을 방불케 하는 신속함이었다.

시들지 않기를 기도하며 나는 며칠마다 물을 갈았다. 이번에야말로 정말 "만반의 돌봄 태세". 기도가 닿아 곧 싹 아랫부분에서 하얀 수염 뿌리가 자라났다.

그러나 방심은 금물. 이미 싹에서 뛰쳐나온 작은 잎이 얼마간 썩어 있기도 했다. 물 탓이다. 나는 그렇게 썩어 검게 된 잎을 발견할 때마다 할 수 있는 한 힘을 넣지 않고 뽑아냈다.

얼마 후에 안정기가 찾아왔다. 잎이 이제 썩지 않고 수염 뿌리를 한층 길게 뻗었으니 민트 싹은 죽음을 면한 것이다!

그렇지만 나는 마음을 놓지 않고 있다. 싹에 남은 잎은 겨우 네 장뿐. 더군다나 다 크기가 빵 부스러기 수준이다. 아주 작은 자극으로도 시들어 버리리라. 그러다 줄기만 남게 되거든 잎을 낼 여력이 없을 것이다.

이렇게 거의 미시 세계를 엿보는 심정으로 나는 오늘도 '돌봄'에 부단한 노력을 경주하고 있다.

민트를 화분에 옮길 때까지 긴장은 계속된다. 매일이 목숨을 건 격전이다.

2006년 3월 8일

아이비

최고의 작은 선물

　수년간 출연한 텔레비전 프로그램이 이번 달로 종연
했다. 내가 선생님, 젊은 뮤지션들이 학생 역할을 맡는
학원물 형식의 프로그램이었다.

　주된 내용은 음악 관련 퀴즈를 위시한 버라이어티 쇼
였지만 중간중간 진지한 강의도 있었다. 그렇게 젊은이
들 상대로 선생님 역할을 계속하는 와중에 나는 학생들
을 진심으로 사랑하게 되었다.

　일이 계기가 되어 사람을, 그것도 나보다 훨씬 연하의
사람을 이토록 귀엽게 여기게 되다니 정말이지 상상도
못 한 일이다.

　나는 학생들을 종종 집으로 초대해 아침이 밝도록 이
야기를 나눴다. 고민 상담도 해 주고 힘든 일이 있을 땐
응원도 해 주며 각자의 세계에서 성공하기를 마음 깊이
기원했다. 단지 배역이었지만 나는 진심으로 그들의 담
임이 되고자 했다. 한편 반대로 학생들에게 격려와 지지
를 받기도 했다.

　그러던 것이 끝났다. 그들과 만날 기회가 사라진다고

생각하니 심장에 뻐끔히 구멍이 뚫린 것 같다. 교사라는 건 이다지도 쓸쓸한 일이구나 싶다.

마지막 녹화 후 학생들이 천천히 일렬로 늘어섰다. "그간 감사했습니다" 인사를 대표 학생이 건넸고, "선생님께 드립니다"라는 말과 함께 작은 꾸러미를 받았다.

꾸러미에는 아주 작은 아이비가 들어 있었다. 겨우 몇백 엔 하는 화분이다. 꽃도 열매도 맺지 않는 소박한 식물이다. 그러나 내게는 그 꾸밈없는 선물이 더할 수 없이 사랑스러웠다.

뒤풀이 중에도 선물받은 그 화분을 자꾸 바라봤다. 강인하고 한없이 덩굴이 뻗어 나가는 아이비는 무한한 가능성을 가진 젊은이들의 모습 그 자체였다. 실제로 덩굴에는 젖은 듯이 빛을 발하는 황록색 잎이 여럿 나 있었고 나는 그 잎들이 쑥쑥 자라리라 믿어 의심치 않았다.

학생들은 내가 이렇게 기뻐하며 매일같이 잎사귀 표면을 쓰다듬고 있으리라곤 꿈에도 모를 것이다. "식물을 좋아한다는 건 알았지만 이 정도였어요?"라며 멀뚱히 쳐다보기나 하겠지.

너희 대신이라고는 나도 부끄러워서 말 못 한다. 그러나 시종 아이비를 바라보며 애지중지 물을 주고 덩굴의 무게를 달아 보며 지내고 있는 것은 사실이다.

새삼 각별한 식물 선물이다.

2006년 3월 15일

엄격한 자연의 리듬

얼마 전인가 복숭아꽃이 피고 이어 매화가 피었다고 소개했더니 '순서가 틀리지 않았냐'는 편지가 여러 통 도착했다. 감사할 따름이다.

자연계에서라면 맞는 지적이다. 그러나 베란다계에서는 사정이 다소 다르다. 애초부터 계절을 뒤죽박죽으로 만들어 화분을 출하하기 때문이다.

앞서 칵테일장미 얘기를 하면서도 잠깐 언급했지만 식물을 화분으로 기른다는 점에서 이미 베란더는 자연에 반하는 존재. 오묘하게도 베란다에서는 식물을 사랑하는 것이 자연에 대항하는 것이기도 하다.

신종 개발, 화학 비료, 조기 개화 혹은 지연 개화로 조작된 화분까지. 베란다 원예에는 언제나 반자연적인 요소가 따라붙는다.

그런 복잡한 상념에 사로잡힌 내 눈앞, 내 베란다의 반자연적 상황이 흥미롭기도 하다.

복숭아에 이어 핀 매화가 순식간에 만개했다가 서둘러 져 버린 것이다. 그런데 복숭아는 여전히 느긋하게

2006년 봄

피어 있으니 자연의 섭리가 다시 식물들을 자신의 지배 하에 두었음을 알 수 있다.

아무리 기술적으로 개화 시기를 미뤄도 일단 바람을 맞고 햇볕을 쬐면 식물은 자연계의 리듬을 되찾는다. 실로 경이적인 법칙성이다.

한창 개화 중인 살구나무를 보면서도 자연의 리듬이 가진 정확함에 놀란다.

작년 같은 시기에 나는 명자나무를 이용한 살구나무 타가 수분을 우연히 성공시켰다.

그리고 올해 다시 살구 봉오리가 부풀어 오른 듯하자 떨어진 곳에 있는 명자나무에도 봉오리가 맺혔다. 살구나무에 다시 꽃이 피었다고 기뻐한 그날에 명자나무에도 꽃이 피었다. 무서운 동기성이다.

엄격한 자연의 리듬은 인위 따윈 가볍게 불어 날리는 힘을 갖고 있다. 베란더가 반자연적이라고 말하는 게 오히려 과대 평가일지 모른다. 결국 자연은 거스를 수 없다. 아무리 발버둥 쳐도 그 거대한 힘에 비길 수는 없다.

2006년 3월 22일

마치는 인사
그리고 안녕히

거의 매주 베란다의 식물에 관해 쓴 지 2년이 지났다. 그리고 이제 마지막 회다.

이제까지 다룬 화분 수가 얼마나 될까. 지금 베란다에는 쉰몇 개가 있을 뿐이고 나머지는 모두 시들어 버렸다.

시들어 버린 식물에 대한 추억을 되짚자면 끝이 없다. 그들은 내 베란다를 과감히 장식하고 계절의 기쁨을 전해 준 뒤 허무히 썩어 버렸다.

시도하거든 시들고 시들거든 시도한다.

어떤 식물이든 번성케 하는 축복받은 인간을 '그린 핑거'라고 부르는데, 이참에 밝혀 두자면 내 엄지는 뿌리부터 끄트머리까지 다갈색이다. 시든 잎사귀 색이다. 식물 입장에서 보자면 사신이나 마찬가지.

그러나 많은 식물이 살아남았다면 베란다에는 화분을 둘 자리가 진즉에 사라졌을 것이다.

베란다 원예의 재미는 이 '시도하거든 시들고 시들거든 시도한다'는 데 있다.

2006년 봄

실패하거든 새 화분을 사 오는 선선함. 꽃을 피우는 식물을 창틀 쪽으로 옮기고 시들어 가는 화분을 안쪽으로 밀어 넣는 한없는 자유. 우리 베란더의 이점은 여기 있다. 가드너라면 좀체 할 수 없는 일이지 않을까.

도시의 비좁은 하늘 아래, 우리 베란더는 언제나 필사적으로 식물을 돌보고 또 시들게 해 한숨을 내쉰다. 그리고 몇 번이고 지치지 않고 꽃집으로 향한다. 하지만 너무 아쉬워할 것 없다고 말하고 싶다. 지는 것 또한 식물 생명의 한 주기니까.

살려 낼 수 있다면 더할 나위 없이 좋겠지만 우리와 종이 다른 생명은 바람대로 움직여 주지 않는다. 그 통제 불가능함을 우리는 몸으로 배운다.

원예는 식물을 지배하는 게 아니다. 오히려 그것이 불가능하다는 사실을 배우는 것이다.

그러므로 나는 시들어 버린 식물에 감사를 바친다.

손 쓸 도리 없는 수많은 생명에 감사한다.

고맙습니다!

그리고 안녕히.

2006년 3월 29일

시들었다는 이야기만 해서는 면목이 없으니, 이 자리를 빌려 건강한 화분을 몇 소개해 보려 한다.

이제 키운 지 얼마나 됐는지도 잊었는데, 단풍나무는 키가 60센티미터 정도나 되게 자랐고 베란다에 방치해 두다시피 한 탓에 단풍은 들지 않았지만 지극히 건강하게 하루하루를 보내고 있다.

3년째인 공조팝은 올해도 자그마한 하얀 꽃을 빽빽하게 매단 채 다소곳하다.

호두나무는 작년에 대가 새하얗게 변하며 잎을 모조리 떨구더니 보란 듯이 부활해 지금은 곁의 살구나무를 압도하는 기세로 무성한 잎을 뽐내고 있다.

로즈메리는 이제 고참이 다 돼서 성장은 일단 멈춘 것처럼 보이지만, 물을 주면 남김없이 들이켜는 모습으로 미루어 속은 자못 충실하리란 생각이 든다.

목련은 잎사귀가 천천히 시드는가 하면 그때마다 새로운 싹을 뽐어내는 투지 넘치는 요양 생활을 이어 가고 있어 갸륵하기 이를 데 없다.

커피나무는 몇 년째 계속 짙은 녹색 잎만 단 채로 아무리 지나도 꽃을 피우지 않고 있는데, 내 쪽도 일찌감치 열매 수확을 포기한 터라 커피나무 역시 속이 편한 모양이다.

레몬포토스와 부대낀 지도 오래다. 녀석의 줄기가 또 보통 긴 게 아니어서 이제는 벽 곳곳에 박아 둔 얇은 못을 타고 방 전체를 점거했다. 아마 10년 후에는 방 하나를 통째로 레몬포토스에게 넘기게 되지 않을까 싶다.

이렇듯 변변치 않은 나 같은 사람도 잘 키우고 있는 식물이 없지 않다. 사실 내 원예의 기초는 녀석들이 지탱해 주고 있는 것이다. 변치 않는 생명이 있기에 다른 화분의 위기에 일희일비할 수 있는 것 아닐까.

그런 의미에서 나는 우리 베란다 고정 멤버들에게 커다란 감사를 바치고 싶다. 언제나 살아 있어 줘서 고맙다고.

더불어 『아사히 신문』 연재를 담당해 준 편집자분들과 단행본 출간을 진행하며 애써 주신 마이니치신문사의 야나기 씨에게. 이 책이 어떤 꽃이 될지는 모르겠으나 덕분에 일단 피울 수 있었습니다.

마지막으로 독자 여러분에게. 화분에 물을 주러 가야 하므로 이만 실례하지만 여러분께도 무한한 감사를 드린다는 것을 잊지 말아 주시길.

그럼 여기까지. 식물이 있는 곳에서 또 만납시다.

그 후

1

이 책을 출간하고 몇 년이 지났다.

나는 그동안 2년에 걸쳐 쌀농사 비슷한 걸 지었다.

농업에 종사했다는 말은 아니다. 베란더답게 베란다에서 벼를 기른 것이다. 처음에는 곳치¹에게 딱 스무 그루 파릇파릇한 놈들로 받아 시작했다. 신주쿠에서 시위 도중에 만나기로 했는데 그때 본가인지 어딘지에서 일부러 가져다주었다.

그에 앞서 친하게 지내는 원예가 야규 신고 씨가 벼를 기를 거라면 '양동이 벼'가 안성맞춤이라고 권했던 것 같다. "엄청 간단하고 재밌어요"라며. 그래서 나는 100엔 숍에 가서 투명한 플라스틱으로 된 작은 박스 같은 것을 사다 놓고 벼가 도착하기를 학수고대했다.

그리고 곳치에게 보물을 받은 당일, 주변에서 적당히

---

¹ 일본의 록 밴드 아시안 쿵푸 제너레이션의 보컬인 고토 마사후미의 별칭이다.

흙을 퍼 박스에 담고 타달타달 물을 주었다. 뭉텅이로 온 벼를 한 그루씩 떼어 내는 게 고역이었다. 수가 적지 않아 박스 하나당 대여섯 그루씩 심었다. 진흙 위에 앉히기만 하면 쓰러져 옆 벼에 걸치는 통에 논 꼴을 갖추기가 어려웠다.

그러나 말은 이리해도 벼가 시들지는 않았다. 얼마 지나지 않아 스스로 곧추서 파란 잎을 바람에 나부꼈다. 물 주기와 관련해서는 아무것도 걱정할 필요가 없어 보이는 게 오히려 걱정이었다.

그러나 여름이 되자 상황이 변했다. 7월은 햇빛이 내리쬐는 시간이 긴데 내 화분은 논처럼 물이 탁하지 않으니 금세 수온이 올라 거의 미온수처럼 됐다. 물을 갈아주려 박스를 기울이면 진흙까지 움직이는데, 기껏 뿌리 내린 벼 입장에서는 그런 난리가 없지 않겠는가. 나는 초조해졌고 궁지에 몰린 기분이 들었다. 이러다간 시들 텐데!

황급히 야규 씨에게 연락했다. 문자를 보냈던 것 같다. 그러자 놀라운 대답이 돌아왔다. 대략 '원래 논은 온수를 만들기 위한 것입니다' 같은 내용이었다. 확실히 논은 얕고 넓다. 그러니 물이 데워진다. 그리고 그 따끈따끈한 물 안이어야 벼가 자란다는 것이다. 정확하지 않을지도 모르지만 아무튼 그대로 둬도 괜찮다는 답변이었다.

나는 손뼉을 쳤던 것 같다. 환호작약歡呼雀躍이란 이걸 두고 하는 말이라고 해야 할 정도로 기뻐했을 것이다. 아차, 참새雀는 해로운 새인데! 아무튼 풍작은 한참 나중 일이건만 나는 지레 감사의 춤부터 올릴 기세였다.

설마 벼 재배가 가장 손이 덜 가는 베란다 원예였을 줄이야. 아무도 모르는 사실 아닐까. 실제로 여름 말미에 딱 한 번 바싹 마를 뻔했을 때 물을 준 게 다다.

2

여름의 기적과 가을의 신비에 앞서 '분얼'(벼 보리 등이 밑동에서 갈라지는 것) 이야기를 해 보자. 6월경, 벼가 갈라져 줄기 수를 늘렸는데 나는 그저 건강해진 것이 겠거니 여겼다. 그런데 여기가 바로 훗날의 수확에 영향을 미치는 벼농사의 중요 분기점이었다.

아무튼 내 양동이 벼는 '분얼'을 거쳐 여름 한창때에 나뉜 줄기 모두를 열고 이삭을 터뜨렸다. 그 생장이 보여 준 생명의 신비란 실로 감동적이었다. 이삭은 꼭지가 여러 번 개켜져 말려들어 있었는데, 그것이 이삭을 터뜨릴 준비를 마친 상태임을 뜻했다.

하늘을 향하는 파룻파룻한 이삭은 이내 작은 꽃을 피웠다. 아슬아슬할 정도로 작은 크기였기에 옆집에 널린 이불에서 날아온 먼지가 내려앉은 건가 싶었다. 그런데 그게 열매를 맺는다. 분얼한 줄기에서 나온 이삭 속에

도톨도톨 알갱이들이 생겨나는 것이다!

그 알갱이들이 풀려 나오면서 열매의 무게로 이삭이 늘어진다. 그렇다, 우리 모두가 아는 그 모습으로. 그야말로 풍요의 상징, 풍성한 결실을 확연히 알려 주는 곡선이다. 감사한 마음에 새시 창 너머에서 바라보던 나부터도 매일 고개를 숙였을 정도다. 옆에서 고양이도 고개를 숙였다. 실상은 벌레라도 보고 있었던 거겠지.

9월에 접어들며 열매는 조금씩 여물었고 이삭은 보기 좋게 말라 쌀이 들었을 터인 알갱이들 또한 건조되었다. 수확 시기를 알 수 없었던 나는 다시 야규 씨에게 연락했고 "가까운 논밭 상황은 어때요?"라는 어린이 전화 상담실 같은 대답을 받았다. 프로의 판단을 따르라는 것이었다. 집 근처에는 논밭이 없었지만 마침 신칸센을 타고 서쪽으로 갈 일이 있을 때 창밖으로 보니 간토關東의 논에서는 벼를 베고 있었다.

이삭을 훑어 알곡을 거두고 나무 공이로 빻아 탈곡하는 모습 등에 대해서는 또 언젠가 쓰도록 하자. 아무튼 나는 이 나라에서 혹은 동아시아 전역에서 쌀이 얼마나 신성한 것이었는지를 깨달았고, 이삭 속 결실의 존재를 느끼며 차오르는 기쁨으로 노래하고 싶을 지경이 된 스스로에게 놀랐다.

이듬해엔 벼 옆에 잔디밭을 만들었다. 그러자 여름 바람에 흔들리는 푸르른 잔디 모습이 벼와 거의 같다는 걸 알 수 있었다. 일본어 '연극'芝居의 어원은 말 그대로 잔디芝에 있다는 설이 있는데, 가스가타이샤春日大社*의 잔디에 관객을 앉히고 행한 의식에서 기원했다는 것이다. 왜 잔디였을까. 나는 그것이 여름의 벼를 연상시켰기 때문이리라 생각한다. 벼로 지은 융단 위를 나는 기분이 아니었을까. '푸르른 잔디'는 생명의 성스러운 현현이었던 것이다.

굳이 말해 두는데 이런 생각을 베란다에서 한 것이다. 도시 속 좁은 베란다에서 나는 벼농사와 신앙, 전통에 대해 생각했다. 아니, 식물이 내게 그런 생각을 하게 만들었다.

베란더란 그런 몽상가의 집합이다.

---

* 나라현 나라시에 있는 신사로서 나라 시대인 768년에 건립되었다.

그 후

문고판을 위한 후기

이 세상에 초록이, 지구에 엽록소가 없었다면 우리는 태어나지 못했다.

물론 그 대신 산소를 필요로 하지 않는 생명이 지구에 탄생해 번식해 나갔을지도 모른다. 또 그저 암석뿐이었을지도 모른다. 지구 입장에서야 아무래도 좋은 일일 테다. 쓸데없는 짓을 하는 놈들이 없어서 감사할 지경일지도 모른다.

그러나 바다에서 초록이 태어나 버렸다. 이산화탄소를 산소로 바꿔 부글부글 기포를 내는 것들이. 이 얼마나 의미 깊은 우연인가. 그것이 식물로 번성해 동물의 발생을 촉진했다. 우린 식물 없이는 살아갈 수 없다.

베란다에서 바람에 휘날리는 잎사귀를 바라보며 물주기와 전지, 방충에 대해서만 생각하는 것이 아니다. 이렇게 지구의, 아니 우주를 채운 생명 그 자체의 시작과 끝에 대해 생각기도 한다.

가장 좁은 곳에서 우주를 생각한다.

이는 차를 내리는 것과도 비슷하다.

다만 내 경우 베란다에 빨래가 널려 있거나 낙엽이 날리거나 비료 찌꺼기가 굴러다니거나 한다. 고급스러움이라고는 찾아볼 수 없는 필사적인 식물 생활이다.

이 책을 문고본으로 내면서 원고는 거의 다시 읽지 않았다. 편집부의 질의가 있을 때 답만 한 정도다. 그때 생각했던 바를 지금 바꾸고 싶지 않기 때문이다. 나는 그저 오늘도 같은 행위를 반복하고 있다. 내게 식물과 함께 산다는 건 숨을 내쉬고 들이마시는 것처럼 당연한 일이다.

어차피 변하지 않는다. 싹이 나면 기쁘고 덩굴 둘 곳에 고민하며 신종을 보면 사고 싶어지고 씨앗을 얻으면 심어 보며 시들기 시작하면 걱정한다. 이건 인류가 해 온 일의 반복이다.

나는 그게 기쁘다.

식물도 그리 생각해 주면 좋겠지만……

문고본을 만드는 과정에서 가와데쇼보신샤 출판사의 사카우에 씨에게 신세를 졌다. 일은 거의 사카우에 씨가 다 했고 나는 부록을 자발적으로 쓰거나(쓰고 싶은 게 있었다) 이 후기를 기꺼운 마음으로 썼을 따름이다.

그럼 인류 여러분, 베란다의 동료 여러분, 오늘도 힘차게 물을 줍시다.

문고판을 위한 후기

해설
'시들게 하기'란 '돌보기'와 같은 것

저는 어린 시절에 식물과 만나고 원예에 뜻을 품어 지금은 야쓰타케 구락부라는 곳에서 매일 식물과 함께 생활하고 있습니다. 오래 함께 지내며 알게 된 것은 식물이란 꽃을 피울 때만 좋은 게 아니라는 사실입니다. 싹틀 때도 좋고 꽃이 진 다음도 좋습니다. 벌레가 잎사귀를 갉아먹어도, 그러다 급기야 시들어도 그렇습니다. 결코 화사할 때의 볼거리에 그치지 않습니다. 식물과 함께하는 삶은 마음이 덜컥 움직이는 시간의 연속입니다.

그 매력을 한 명이라도 더 많은 사람에게 알리고 싶어 원예가의 길을 선택했습니다. 그리고 공부를 이어 가던 중에 원예에 두 갈래가 있다는 것을 알게 되었습니다.

하나는 꽃을 '잘 키우는' 것입니다. 세상에 나와 있는 원예 책의 99%가 그런 내용을 다루는 이른바 '하우투'How to 책입니다. 또 하나 다른 접근법이 있는데 그것이 제가 진정 하고 싶었던 일입니다. 그것은 식물과 더불어 일희일비하는 것입니다. "앗, 시들었잖아!"라거나 "늘어났다!"라거나 "말라죽었어!"같이, 또한 "벌레다!"

나 "열매가 열렸어!"같이 말이죠. 식물과 함께 우왕좌왕하고 싶습니다. 딱히 멋은 없지만 비길 데 없는 즐거움이 있습니다. 여러 가지 미디어를 활용해 그런 우왕좌왕의 즐거움을 전하고 싶었습니다.

그러나 원예계에는 그런 입장을 가진 사람이 거의 없었습니다. 대부분의 원예가는 식물을 '잘 키우는 것', '크게 키우는 것'에 집중합니다. 어느 쪽이 좋고 나쁘다는 건 아닙니다만 저는 그래서 조금 외로웠습니다.

그러다가 마침내 이토 씨라는 친구를 얻게 되었습니다. 이 책을 읽어 보면 아시겠지만, 이토 씨는 저보다 훨씬 우왕좌왕합니다(웃음). 이토 씨의 전작인 『보테니컬 라이프』를 처음 읽었을 때 흥분하지 않을 수 없었습니다. "저승사자의 흙"이라니, 재밌는 사람이다 싶었죠. 이토 씨는 식물과 가까이 어울리는 것을 중요하게 여기는 드문 사람입니다.

오늘날에는 꽤나 노하우가 쌓여서 수험 공부하듯 공부하면 육성법은 쉬이 숙달할 수 있습니다. 그렇지만 이토 씨는 결코 그쪽으로 빠지지 않습니다. 그렇게 하면 생명으로서 식물의 기척이 희박해진다는 것을 알기 때문이리라 생각합니다. 사물화라고나 할까요. 또 능숙해지면 우왕좌왕도 없어지죠. 식물을 장악하고 있다는 감각이 생겨납니다. 하지만 아니죠. 오히려 인간이 식물의 손아귀에 잡혀 우왕좌왕하는 게 사실일 겁니다.

해설 / '시들게 하기'란 '돌보기'와 같은 것

인간이 자연계나 식물을 뜻대로 조종한다는 게 터무니없는 착각이라는 사실을 이토 씨도 마음속으로부터 깨닫고 있다고 생각합니다. 그러니 무턱대고 공부하지 않는 것이겠죠. 얼굴을 맞대고 식물의 안색을 살피고 스스로 판단합니다. 그리고 실패합니다. 그리고 돌보지요.

보통 '시들게 했다'는 건 크나큰 실패입니다. 따라서 다음에 넘어서야 할 도전이 됩니다. 하지만 저나 이토 씨에게는 시들게 하는 게 실패가 아닙니다. 여기에 차이가 있습니다. 죽지 않는 반려 동물이 없듯 시들지 않는 식물도 없습니다. 만약 인간이 이 사실을 받아들이지 못했다면 애저녁에 반려 동물이나 원예는 금지되었을 터입니다. 그렇지만 여전히 이 일들이 계속되고 있다는 건 '죽어 가는 것을 돌보기'가 사람을 성장시킨다는 지혜가 이어져 왔기 때문이 아닐까 합니다.

견딜 수 없이 슬픈 작별은 이루 말할 수 없이 즐거운 나날을 보냈다는 증거입니다. 좋은 추억이 있으니 이별이 사무칩니다. '잘 키워서'가 아니라 '함께 우왕좌왕'했기 때문일 것입니다.

저는 앞서도 말했듯 야쓰타케 구락부 숲에서 식물의 생명력에 감탄하며 지냅니다만 이토 씨 같은 도시 베란다파를 따라갈 수 없는 부분이 있습니다. 그것은 베란다 쪽이 대상과 거리가 가깝다는 점입니다. 예컨대 숲속에서 자라고 있는 나무 뿌리의 상태를 알 수는 없습니다.

하지만 베란다의 화분이라면 뿌리 상태까지 파악할 수 있습니다. 베란다라서 겉으로 잘 드러나지 않는 식물의 다면적이고도 사랑스러운 모습을 알 수 있습니다. 거리가 가깝고 크기가 작다는 것. 여기에 베란다라서 배울 수 있는 원예의 어떤 극치가 있습니다.

또 베란다가 꽃을 키우기 더 어렵습니다. 자연 상태에서는 독립해 자라는 식물이 없습니다. 모두 땅속에서 이어져 있는 모아 심기 상태입니다. 그렇지만 베란다에서는 화분 하나에 한 식물이 자라죠. 그들 사이에는 경쟁이 없습니다. 예를 들어 급우가 많은 교실에서 혼자 구석에 틀어박히고 공부는 과외에만 의존한다면 사람은 성장할 수 없습니다. 식물도 마찬가지입니다. 그러므로 오히려 베란다에서 식물을 키울 수 있는 사람은 실력이 좋은 편이라 할 수 있습니다.

이토 씨와 저는 함께 '플랜트 워크'라는 산책을 하고 있습니다. '식물을 보면 거리와 사람을 알 수 있다'는 테마로 느긋하게 식물을 보며 한눈팔기를 즐기는 겁니다. 2012년에는 동일본 대지진의 피해지였던 미나미산리쿠에서 '플랜트 워크'를 했습니다. 어쩌면 우리만이 할 수 있는 접근법이라는 생각으로, 그곳의 식물들이 무언가를 말해 줄지도 모른다는 기대를 품고서(그리고 그것이 이토 씨가 오랜만에 쓴 소설『상상 라디오』의 계기가 되기도 했습니다) 말이지요. 그때 이토 씨가 이렇게 말했습니다.

"인간이 만들어 낸 모든 불완전한 것 가운데서 식물은 변함없이 완벽한 모습을 드러내고 있습니다. 그 완전한 모습을 보면서 우리는 구원을 느끼는 것 아닐까요."

인간이 만들어 낸 거의 모든 것이 대지진 때 엉망이 되었습니다. 그런데 식물만큼은 봄이 오자 싹을 틔우고 꽃을 피우며 온전한 모습으로 다시 일어섭니다. 식물의 강인함으로부터 용기를 얻지 않을 수 없습니다.

이토 씨는 '이 꽃은 꽃잎이 몇 장이고……' 따위의 관찰에는 관심이 없습니다. 저와 이야기하다 보면 왜 꽃 모양은 이런 형태고 색은 이 색인지, 왜 봄에 노란 꽃이 많은지 같은 질문을 하곤 합니다. 그래서 제가 "이토 씨, 그건요" 답하기 시작하면 흥미에 찬 얼굴로 귀를 기울입니다.

이토 씨도 저도, 그리고 카렐 차페크Karel Čapek[1] 씨나 마키노 도미타로牧野富太郎[2] 씨 같은 사람들도 모두 마찬가지라고 생각하는데, 우린 아무튼 식물을 사랑하지 않고는 견딜 수 없는 듯합니다. 사랑하면 남에게 전하고

---

[1] 1890~1938. '로봇'이라는 단어를 창안한 것으로 널리 알려진 체코의 작가. 『원예가의 열두 달』*The Gardener's Year*이라는 에세이집을 낸 바 있다.

[2] 1862~1957. 독학으로 식물 분류학을 공부해 최초로 일본 식물에 학명을 붙인 식물학자.

싫어지지요. 맛있는 레스토랑을 발견하면 남에게 알려 주고 싶은 것처럼요.

이토 씨는 식물을 깊이 존경하고 사랑하기에 '시들어도 괜찮다'고 말할 수 있는 사람입니다. 그런 사람은 정말 드뭅니다. 어쩌면 발명입니다.

야규 신고

원예가

내 맘대로
베란다 원예

1판 1쇄 2021년 7월 1일 펴냄

지은이 이토 세이코. 옮긴이 김효진. 펴낸곳
플레이타임. 펴낸이 김효진. 제작 현문인쇄/
자현제책.

플레이타임. 출판등록 2016년 10월 4일 제
2016-000050호. 주소 서울시 마포구 희우
정로16길 39-6, 401호. 전화 02-6085-1604.
팩스 02-6455-1604. 이메일 luciole.book@
gmail.com. 플레이타임은 리시올 출판사의
문학/에세이 브랜드입니다.

ISBN 979-11-90292-10-8 03800